人们不会相信一个十四岁的女孩
会在寒冬离家去为父报仇。

CHARLES PORTIS

TRUE GRIT

大地惊雷

[美] 查尔斯·波蒂斯 著　　宋伟 译

Copyright © 1968 by Charles Portis
All rights reserved including the rights of reproduction in whole or in part in any form.
Simplified Chinese edition copyright © 2021 by China South Booky Culture Media Co., Ltd.
Cover artwork © Adam Simpson

© 中南博集天卷文化传媒有限公司。本书版权受法律保护。未经权利人许可，任何人不得以任何方式使用本书包括正文、插图、封面、版式等任何部分内容，违者将受到法律制裁。

著作权合同登记号：图字 18-2021-57

图书在版编目（CIP）数据

大地惊雷 /（美）查尔斯·波蒂斯
（Charles Portis）著；宋伟译. -- 长沙：湖南文艺出版社，2021.7
　书名原文：True Grit
　ISBN 978-7-5726-0124-8

Ⅰ.①大… Ⅱ.①查… ②宋… Ⅲ.①长篇小说—美国—现代 Ⅳ.① I712.45

中国版本图书馆 CIP 数据核字（2021）第 071608 号

上架建议：外国文学·畅销文学

DADI JINGLEI
大地惊雷

作　　者：	［美］查尔斯·波蒂斯
译　　者：	宋　伟
出 版 人：	曾赛丰
责任编辑：	匡杨乐
监　　制：	吴文娟
策划编辑：	黄　琰
特约编辑：	刘　君　周晓宇
版权支持：	姚珊珊
营销编辑：	闵　婕
装帧设计：	梁秋晨
内文设计：	梁秋晨
内文排版：	百朗文化
出　　版：	湖南文艺出版社
	（长沙市雨花区东二环一段 508 号　邮编：410014）
网　　址：	www.hnwy.net
印　　刷：	天津丰富彩艺印刷有限公司
经　　销：	新华书店
开　　本：	875mm×1270mm　1/32
字　　数：	141 千字
印　　张：	6.75
版　　次：	2021 年 7 月第 1 版
印　　次：	2021 年 7 月第 1 次印刷
书　　号：	ISBN 978-7-5726-0124-8
定　　价：	48.00 元

若有质量问题，请致电质量监督电话：010-59096394
团购电话：010-59320018

在坚强成为唯一的选择之前，
你永远不知道自己有多强大。

True Grit

一

人们不会相信一个十四岁的女孩会在寒冬离家去为父报仇。虽然当年这种事也不常见,但是似乎也算不上什么奇闻。那一年我才十四岁,一个名叫汤姆·钱尼的懦夫在阿肯色史密斯堡枪杀了我的父亲,抢走了他的马、一百五十美元现金和腰带里的两块加利福尼亚金币。

我来讲一讲事情的来龙去脉。在阿肯色河南岸,离耶尔县的达达尼尔不远的地方,我们家拥有四百八十英亩[1]肥沃的土地。汤姆·钱尼是我们家的佃农,但只干活拿钱,不按收成分成。一天,他饥肠辘辘,骑着一匹灰色的马出现了,马没有装辔头,只用缰绳勒着,马背上搭着一条脏毯子。爸爸觉得那个家伙可怜,就给了他一份活,又给他安排了住处。那是一间由棉花储藏间改造而成的小屋,有正经的

---

[1] 1英亩约合4 046.86平方米。——如无特别说明,本书脚注均为译者注

屋顶。

汤姆·钱尼自称来自路易斯安那州。他身材矮小，面相凶狠。我后面还会详细描述他的长相。他是个光棍，大概二十五岁，随身背着一把亨利步枪。

十一月，最后一批棉花卖完之后，爸爸打算去史密斯堡买些小马驹。他听说那里有个斯通西尔上校，他以畜牧商人的身份从赶往堪萨斯州的得克萨斯州牲口贩子手中买下了一大批牧牛小马，如今砸在手里，卖不出去。那个商人不想在冬天还要继续养着这些马，打算便宜处理。阿肯色人看不上得克萨斯州的小野马，嫌它们块头小、脾气差。它们平时只吃草，体重都不到八百磅[1]。

爸爸觉得这种小马适合猎鹿，它们吃苦耐劳，身材小巧，在灌木丛中穿梭时能跟上猎犬。他打算买几匹试试，运气好的话，除了用于猎鹿，还能饲养出售。爸爸做事总是很有计划。总之，这笔买卖投入不大。我们家还有一片冬麦地，又囤了不少干草，足够小马过冬。等到开春，就可以在我们家北部的大牧场放养小马，让它们吃上更鲜嫩多汁的苜蓿，它们在"孤星之州"[2]可享受不到这等待遇。我记得，当时每蒲式耳[3]玉米粒的价格还不到十五美分。

爸爸出门前本想让汤姆·钱尼留下来料理家里的事情，但是钱尼

---

[1] 1磅约合453.6克。
[2] 得克萨斯州的别称。
[3] 重量或容量单位，主要用于量度干货，尤其是农产品的重量，1蒲式耳约合36.37升。

嚷嚷着要去，爸爸脾气好，最终耐不过他的央求，便答应了。如果说爸爸有缺点，那就是心肠太好，容易被人利用。我性格乖戾，可一点不像他。弗兰克·罗斯是世上最温柔可敬的人。他在公立学校读过书，是金巴仑长老会和共济会的成员。在南北战争的豌豆岭战役中，他表现得英勇无畏，但并不像露西尔·比格斯·兰福德在《耶尔县旧闻》中所述的那样，在那场"小摩擦"中受伤。对于真实情况，我觉得自己更有发言权。他在田纳西州奇克莫加的恶战中受了重伤，返乡的路上没人好好照料，险些丧命。

动身去史密斯堡之前，爸爸安排黑人亚内尔·波因德克斯特每天来喂牲畜，顺便照看一下妈妈和我们几个。亚内尔在我家下游的岸边租了一块地，和家人住在那里。他出生在伊利诺伊，父母本都是自由身，但是战前在密苏里被一个名叫布拉德沃思的人绑架，拐到了阿肯色。亚内尔是个好人，勤劳简朴，后来在田纳西州的孟菲斯做油漆工，过上了富足生活。每年圣诞，我们都会互寄贺卡，直到后来他死于一九一八年的大流感。直到今天，我再也没有遇到过名叫亚内尔的人，无论是白人还是黑人。我和弟弟小弗兰克一家一起到孟菲斯参加了他的葬礼。

爸爸没有选择轮船和火车，而是决定骑马去史密斯堡，回程时把小马拴成一排赶回来。这样不仅省钱，还能欣赏美景，享受骑马的快乐。爸爸最喜欢骑马奔腾，四处游逛。虽然我年轻时自认为是个不错的骑手,却一直不太喜欢马。我从来不怕动物,曾和人打赌,说自己能骑着一只暴躁的山羊穿过一片李树灌木丛。

从我们的住处到史密斯堡的直线距离为七十英里[1],在途中美丽的尼波山上,我们有一套避暑小屋,妈妈会去那里躲蚊子。途中还会经过阿肯色州的最高峰马格津山。但是,据我所知,史密斯堡也可能在七百英里外。有船去那里,也有人会去那里卖棉花,我对史密斯堡的了解就这么多了。我们家一般在小石城卖棉花,我也去过两三次。

爸爸骑着坐骑离家出发,这匹马名叫朱迪,是一匹高大的栗色焰斑母马。他将食物和换洗衣服裹在毯子里,外面盖上一件雨衣,然后绑在马鞍的后面。他把配枪别在腰间,那是一把雷管击发式龙骑兵型长左轮手枪,即便在当年看来也过时了。他打仗时用的就是这把枪。他英俊挺拔,我还清晰地记得他身穿棕色羊毛大衣,头戴黑色礼帽,跨到朱迪的背上。在寒冷的清晨,一人一马,呵出的水汽凝结成霜。换在古时,爸爸或许是一位英勇的骑士。汤姆·钱尼骑着他的灰马——那匹马不适合当坐骑,更适合用来拉犁耕地。他没有手枪,但背后挎着一把用棉绳系着的步枪。顺便唠叨一句,他本可以用破旧的挽具做一条好看的皮带挂枪的。他肯定是嫌太麻烦了。

爸爸的钱包里大约有二百五十美元,平时都是我帮他记账,自然

---

[1] 1英里约合1.61千米。

知道这些。妈妈一直不擅长算术，大字也不识几个。我说这些没有自夸的意思。算术和识字并非生活的全部。和马大一样，我总被日常琐事烦扰，而母亲则生性平和仁爱，就像马利亚一样"选择那上好的福分"。[1] 爸爸藏在衣服里的两块金币是我远在加利福尼亚蒙特雷的外公斯珀林送的结婚礼物。

爸爸如何也不会想到，那日清晨一别便成永诀，他再也无法拥抱我们，再也无缘倾听耶尔县的草地鹨婉转的春日赞歌。

爸爸遇害的消息宛如晴天霹雳。当时的情形是这样的：爸爸和汤姆·钱尼抵达史密斯堡后，在莫纳克寄宿公寓找了一间房住下。他们来到斯通西尔的牲畜房，细细查看了那些小马。得克萨斯州牛仔骑的马都被阉过，原因只有他们自己知道，想来这种马也不能繁育后代。但是爸爸心意已决，一定要从里面挑几匹。转天，他买下四匹小马，斯通西尔要价一百四十美元，父亲砍到一百美元整，算是一笔不错的买卖。

他们计划第二天早上离开。当晚，汤姆·钱尼去了一家酒吧，与一个和他臭味相投的"痞子"玩起了扑克牌，输光了工资。他输了钱，却不能像个爷们儿一样坦然接受，而是回到公寓房间里，自怨自

---

[1] 马利亚和马大的故事出自《圣经·路加福音》10：38—42。耶稣基督与门徒来到马大家。马大的妹妹马利亚坐在耶稣脚前听经，而马大则操心做着各种准备工作。马大质问耶稣："主啊，我的妹子留下我一个人伺候，你不在意吗？请吩咐她来帮助我。"耶稣回答说："马大，马大！你为许多的事思虑烦扰，但是不可少的只有一件，马利亚已经选择那上好的福分，是不能夺去的。"

艾地赌气。他把一瓶威士忌一口气喝了个精光。爸爸坐在客厅，正与几个旅行推销员交谈。没过多久，钱尼端着步枪从卧室里走了出来。他说自己被骗了，要回酒吧讨回自己的钱。爸爸说如果被骗，最好用法律手段维护自己的权益。钱尼根本不听。爸爸紧跟着他出了门，让他把步枪留下。以他当时的状态，拿着枪去吵架恐怕不妙。我的爸爸身上也没带武器。

汤姆·钱尼举起步枪，冲爸爸的额头开了一枪，当场要了他的命。事情经过就是这么简单，我也没有添油加醋，只是转述锡巴斯琴县县长的原话。有人或许会说，弗兰克·罗斯干吗去瞎掺和？我的答案是：他想帮那个五短身材的恶棍一把。钱尼是我们家的佃农，爸爸觉得自己有责任守护自己的兄弟。这样能回答你的问题吗？

公寓里的旅行推销员也没有冲出来抓住钱尼，或开枪打他，而是作鸟兽散。钱尼则从爸爸仍有温度的身上掏走了钱包，又撕开了他的腰带，拿走了那两块金币。我也不清楚钱尼怎么知道金币藏在那里。偷光爸爸的东西后，钱尼冲向街道尽头的牲畜房，用枪托重重地砸到守夜人的嘴上，把他打晕。钱尼给爸爸的马套上缰绳，没装马鞍，一路逃了出去。他的身影消失在夜色中。等他后来发现城里似乎没有人追来，就有可能装上马鞍，或搭上三驾驿站马车，再抽上一支烟。他误以为那些旅行推销员是好汉。"恶人虽无人追赶也逃跑。"

二

达格特律师去海伦娜试住一间轮船套房了，因此只有亚内尔和我坐火车去史密斯堡料理爸爸的后事。我随身带了大概一百美元，写了一封身份证明信，签上了达格特律师的名字，又让妈妈签了名。妈妈此时正卧病在床。

火车车厢里坐满了人，因为史密斯堡的联邦法院要对三个人实施绞刑，得克萨斯州东部和路易斯安那州北部的居民都大老远赶去看热闹，就像出游旅行一般。我们乘坐的是一节黑人车厢，亚内尔找了一个行李箱让我们坐下。

检票员经过时说："把箱子从走道里搬开，黑鬼！"

我是这样回答他的："我们会把箱子搬走，可你也犯不着动这么大肝火。"

他没接我的话,接着验票去了。他意识到,我的话吸引了车厢里所有黑人的注意力,他因此感到了自己的渺小。在余下的行程里,我们一直站着,不过我还小,也不在意。路上我们吃了一顿丰盛的午餐——亚内尔从家里打包来的排骨。

我发现史密斯堡的房子都有门牌编号,但是跟小石城比,这里根本不像一座城市。我当时觉得史密斯堡不应该属于阿肯色州,而应该属于俄克拉何马州,直到现在我依然有这样的感觉。当然,当年河对岸还不属于俄克拉何马州,而属于印第安人保留区。和西部地区一样,史密斯堡有一条宽敞的卫戍大街。城里的建筑都由散石建成,所有窗户都需要清洗。我知道有很多上流人住在史密斯堡,也知道他们的排水系统是全国最先进的,但还是感觉它不像阿肯色州的一座城市。

治安官办公室里有个看守。他说我们如果想了解爸爸死亡的具体情况,得直接去找市里的警察或治安官。治安官去绞刑现场了,停尸房也没开门。他在办公室的门上留了一张字条,说行刑之后便回。我们去了莫纳克寄宿公寓,但那里只剩下一个患白内障的可怜老妇。她说其他人都去看绞刑了,就剩下她一个人。我们想看看爸爸的随身物品,但她不让我们进屋。我们来到市警察局,发现两位警官,可是他们正打作一团,没空搭理我们。

亚内尔也想去绞刑现场,又不愿让我去,于是提议回治安官办公室，在那里等人回来。我其实没兴趣看行刑，但能看出来他想去，就说先不回治安官办公室，一起去看看行刑，还说不会跟妈妈讲，我知道亚内尔担心的就是这个。

联邦法院建在上游河岸的一块高地上，绞刑架就在法院旁边。场地上聚集了一千多人，还有五六十条狗，都等着观看行刑。我相信一两年之后，他们会在周围竖起一道墙，你得先拿到治安官办公室的通行证才能进入。不过，当时行刑现场对外开放。有个小男孩吆喝着在人群中穿梭，卖烤花生和软糖。还有一个小男孩拎着一只桶，叫卖墨西哥粽。那是一种传统的墨西哥吃食，辣味肉馅外面裹着一层玉米面卷，味道还不错，但我以前从未见过。

我们抵达刑场时，行刑的准备工作恰好快要结束。两个白人和一个印第安人站在台子上，都穿着新牛仔裤和系扣法兰绒衬衫，双手都被绑在身后，三条绞索垂在他们的脑袋旁。行刑人名叫乔治·梅尔顿，脸上长着稀稀拉拉的胡子，身上配了两把长筒手枪。他是北方人，据说不给参加过共和国大军的人行刑。一位法警宣读了判决书，但是声音太小，我们都听不清，于是便挤到前面去了。

一个手持《圣经》的男人与他们分别交谈了一会儿。我猜他是个牧师。他引导犯人唱起了"奇异恩典，何等甘甜"，人群中也有人跟着唱了起来。随后，梅尔顿把绞索套到他们的脖子上，恰到好处地收了收绳结。他手里拿着黑色头罩，来到那三个人面前，依次询问他们在套上头罩受刑之前还有什么遗言。

第一个罪犯是个白人,他看起来有些不耐烦,但与想象中濒临绝境的人应有的表现不同。他说:"我杀错了人,才落得这步田地。我相信,要是当初杀对了人,如今就不会被判死刑。我看人群中就有比我更坏的人。"

随后是那个印第安人。他说:"我准备好了。我为自己的罪行忏悔,很快便能与我的救世主基督在天堂相见。现在我要像个男人一样受死。"如果你跟我一样,就会把印第安人当成异教徒。但是,我请你回想一下"十字架上的囚犯",他没有受洗,甚至都没听说过教理问答,可是基督依然亲自许诺带他入天堂。[1]

最后一个人准备了一小段演讲。看得出来,演讲词他都牢记在心。他长着一头黄色长发,三十岁左右,比另外两个犯人年长。他说:"女士们,先生们,我现在心里只想着远在锡马龙河的妻子和两个可爱的儿子。我不知道他们今后将如何生活。我只祈祷,人们不要因为我的罪行瞧不起他们,让他们陷入悲惨的境地。我落到这步田地全是因为酗酒。我和最要好的朋友因一把折刀起了一点争执,我失手杀了他。我当时喝醉了,对面换成我的兄弟,恐怕也难以幸免。如果我小时候能受到良好的引导,如今就能陪在家人身旁,与邻里和睦相处。我希

---

[1]《圣经·路加福音》记载与耶稣同时被钉在十字架上的还有两个囚犯,其中一个囚犯驳斥不知悔改的另一个囚犯对耶稣的侮辱,并希望耶稣做王时记得他,耶稣答应带他去乐园。

望在场的父母能听从我的劝告,好好教育孩子。谢谢。诸位再会。"

他涕泗横流,毫不羞愧地讲,我听着听着也感动得哭了。梅尔顿把黑色头罩套到他的头上,然后来到控制杆旁。亚内尔伸出一只手,遮住了我的眼睛,我却把他的手推到一边。我要看完行刑的全程。犯人的临终遗言都已说毕,梅尔顿扳动机关,绞刑台中央的铰链门向下打开,砰的一声,三个杀人犯急速倒下,最终审判完成。人群中一阵喧哗,好似人人都受了一次刑。两个白人都咽了气,身子挂在收紧的绳索里,缓缓旋转着,发出吱吱的声响。印第安人的四肢上下抽搐着。这是最残忍的场面,很多人于心不忍,转身匆匆离开,我们也随着这些人一起离开了。

后来,我们听说,印第安人与另外两个犯人不一样,他的脖子没断,身子转着,又在那里吊了半个多小时,直至医生最终宣布他死亡,把他放下。据说那个印第安人在狱中瘦了,体重太轻,不太适合执行绞刑。经过那一次,我才知道每次执行绞刑时,艾萨克·帕克法官都会在法院楼上透过窗户观看。我想他这样做是出于责任感吧。人的心思,旁人总难揣测。

我们从骇人的刑场回来后便直奔停放父亲尸体的殡仪馆,你或许想象得到我内心有多痛苦。不过,该面对的总要面对。烦人的事到来时,我从不畏惧和退缩。负责父亲殡葬的是个爱尔兰人。他带着亚内尔和我来到后面的一间屋子,屋里的窗户被涂成了绿色,里面黑黢黢的。爱尔兰人彬彬有礼,也很同情我们的遭遇,但是他挑的棺材,我不太满意。这个松木棺材做工粗糙,放在三条矮脚板凳上,父亲躺在里面。亚内尔给他摘下了帽子。

爱尔兰人说:"是这个男人吧?"他一边说着,一边把蜡烛举到父亲的面前。尸体上裹着一块白布。

我说:"是我父亲。"我站在那里,看着他。汤姆·钱尼这个废物,我一定要让你血债血偿!这个路易斯安那的杂种不下地狱,我誓不罢休!

爱尔兰人说:"你可以亲吻他,莫有问题啊。"[1]

我说:"不用了,把棺盖盖上吧。"

我们跟着这个男人去了他的办公室,签了几份文件。棺材和尸体防腐处理花了六十多美元。送尸体到达达尼尔的运费要九美元半。

亚内尔拉着我来到办公室外面。他说:"玛蒂小姐,那个人想坑你。"

我说:"算了,不和他争了。"

他说:"他巴不得我们这样。"

我说:"随他去吧。"

我给爱尔兰人付了钱,拿到收据,叮嘱亚内尔盯着棺材,一定

---

[1] 这个爱尔兰人说话带口音。

要确保那些人好好把棺材装上火车,不能让笨手笨脚的装运工野蛮装载。

我去了治安官办公室。治安官很亲切,给我详细讲述了枪杀案的经过,但是没人去追捕汤姆·钱尼,这令我很失望。他们甚至搞错了钱尼的名字。

治安官说:"据我们目前了解到的消息,他是个小个子,但很强壮,脸上有一块黑斑。他叫钱伯斯,现已逃窜到印第安人保留区。我们推测他加入了'幸运星'内德·佩珀的团伙,这伙人周二刚在波托河抢劫了一辆邮车。"

我说:"你说的这个人就是汤姆·钱尼,他可不叫钱伯斯。他脸上那块黑斑是在路易斯安那州留下的,当时有人朝他脸上打了一枪,火药嵌进皮肤。反正他是这么讲的。我认识他,可以指认。你们为什么不去追捕他?"

治安官说:"我无权到印第安人保留区办案,现在只有联邦法警才能逮捕他。"

我说:"那他们什么时候才能逮捕他?"

他说:"说不好。他们得先抓到他。"

我说:"他们到底会不会去抓他,你知道吗?"

他说:"会的。我已经申请了逃犯通缉令,针对他抢劫邮车案件的联邦逮捕令应该也会发布。我会通知法警,告知他们逃犯的正确姓名。"

"我自己去告诉他们。"我说,"最好的法警是哪一位?"

治安官想了想,说:"这可有点难说。差不多有两百名法警。我记得威廉·沃特斯追踪嫌疑人最在行。他有一半印第安科曼切人血统,他做追踪记号的本事,实在让人佩服不已。最凶狠的当属雄鸡科格本,他冷酷无情,手段强硬,无所畏惧,不过,他是个酒鬼。还有L.T.奎因,喜欢活捉逃犯,虽然偶尔会有逃犯从他手里逃走,但他依然坚信,最卑劣的人也应得到公正的审判。而且,抓来一个死人,法院可不付钱。奎因是个优秀的法警,还是个信徒传道士。这么说来,我觉得奎因是他们当中最优秀的。"

我问:"在哪儿能找到雄鸡?"

他回答说:"明天在联邦法院应该能找到他。他们明天要审讯那个叫沃顿的男孩。"

治安官从抽屉里拿出爸爸的枪带,装进一个糖袋里,递给了我。爸爸的衣物和毯子在寄宿公寓里,小马和马鞍在斯通西尔的牲畜房里。治安官给我写了一张字条,给斯通西尔和寄宿公寓的女主人弗洛伊德夫人讲明了情况。我对他表示感谢,他却说可惜帮不了我太多。

大约下午五点半,我来到了车站。白天越来越短,天色已经暗了下来。六点过几分,南下的火车就要发车了。我看到亚内尔在货车厢外面等我,棺材就装在那节车厢里。他说,货运代理同意让他随车看护棺材。

他想在客车厢里帮我找个座位,但我拒绝了:"我要再待一两天,处理一下那些小马,还要督促执法人员履行职责。钱尼逍遥法外,他们却没有任何行动。"

亚内尔说:"你不能一个人待在这个城市。"

我说:"没事的。妈妈知道我能照顾好自己。告诉她,我会暂住在莫纳克寄宿公寓,如果那里没有房间,我会把落脚地告诉治安官。"

他说:"我也留下来陪你吧。"

我说:"不,我要你护送爸爸回去。等你到家之后,转告迈尔斯先生,请他打一口好点的棺材。"

"你妈妈会生气的。"他说。

"我过一两天就回去。让她等我回家,在那之前不要签任何文件。你吃饭了吗?"

"我喝了杯热咖啡,不饿。"

"车厢里有火炉吗?"

"我裹上大衣就不冷了。"

"真的很感谢你,亚内尔。"

"弗兰克先生对我一直都很好。"

可能会有人误会,指责我不去参加父亲的葬礼,其实我要去处理父亲的身后事务。爸爸身披共济会袍子,被安葬在丹维尔的一处小屋旁。

我来到莫纳克寄宿公寓时恰好赶上饭点。弗洛伊德夫人说,镇上来了很多人,没有空房,不过她会给我安排一个住处。这里的房价为一个晚上七十五美分,含两餐;含三餐则需再付一美元。尽管我原本打算第二天早上买一些奶酪和饼干,留着白天吃,但是我不知道她这里含一餐的房价,只能付给她七十五美分。也不知道这里如果按周住宿房价是多少。

晚饭时,餐桌前坐了十来个人,可能十个,也可能十二个,除了我、弗洛伊德夫人和一个名叫"特纳奶奶"的可怜瞎眼老妇之外,全是男人。弗洛伊德夫人是个大嘴巴,她向在座的人介绍,说我就是在她的店门口被枪杀者的女儿,弄得我很不自在。她详细讲述了事件经过,还无礼地打听我家里的情况,不过我也只能客气地回应。我不想和这些好奇的陌生闲人讨论这件事,哪怕他们是出于好心,我也不愿意。

我坐在餐桌一角,两侧分别是弗洛伊德夫人和一个上身很长的男人,这个男人的脑袋圆得像个门把手,满嘴龅牙。餐桌上话最多的就是他们两个。他四处奔波,贩卖便携式计算器。桌上只有他穿着西服,打着领带。他讲了一些亲身经历的奇闻,但其他人都像猪一样忙着吃饭,根本没有理会他。

"小心那些鸡肉饺子。"他对我说。

有几个人停了下来。

"会伤到你的眼睛。"他说。

餐桌对面一个身穿发臭麂皮外套的邋遢男人问："怎么讲？"

这个旅行推销员狡黠地眨了眨眼，应道："找里面的鸡肉会累坏你的眼睛。"我觉得这个笑话挺幽默的，但是那个邋遢男人却气呼呼地骂了一句"你这个婊子养的蠢货"，又继续吃了起来。之后，那个推销员再也没说话。饺子的味道还行，但就那么一点面皮和油水，我觉得不值二十五美分。

晚饭之后，有几个人离开公寓，去了镇上，很可能要去酒馆喝威士忌，听手风琴演奏。我们剩下的人去了客厅，有的打盹，有的看报，有的聊起日间的绞刑，那个旅行推销员则讲起了种族笑话。弗洛伊德夫人取来了爸爸的遗物，东西都裹在雨衣里，我清点了一下并做了记录。

东西似乎都在，就连他的刀和表都没丢。那块表是黄铜的，不算太值钱，但看到它，我还是很惊讶，因为小偷如果不偷大件东西，遇到这样的小物件往往不会放过。我待在客厅，听他们闲聊了一会儿，然后问弗洛伊德夫人能不能带我去睡觉的地方。

她说："走廊尽头，左边的那个卧室就是。后面门廊里有一桶水和一个盥洗槽，厕所就在那棵楝树后面。你和特纳奶奶一起睡。"

她肯定觉察到了我惊异的表情，于是补充说："没事的。特纳奶奶不会介意的。她经常和别人同睡一张床,早就习惯了,她恐怕都不知道你在床上,亲爱的。"

我可是付钱住店的,我的要求肯定要优先于特纳奶奶的。不过,看来我们两个都没什么话语权。

弗洛伊德夫人继续说道:"特纳奶奶睡觉很沉,对她这个年纪的人来说,这是难得的福气。像你这样的小家伙,不用担心会吵醒她。"

我不介意和特纳奶奶一起睡,只是觉得弗洛伊德夫人占了我的便宜。尽管如此,这个时候跟她大吵大闹对我也没有任何好处。她已经收了我的钱,我也累了,而且天色已晚,不太好去找别的住处。

卧室里又冷又暗,有一股药味。地板的裂缝里透进一阵寒风。特纳奶奶熟睡时比弗洛伊德夫人描述的要更活跃。我上床时,发现她把被子都卷到了自己那一边。我扯过来一些,做了祈祷,很快就睡着了。我半夜醒来,发现特纳奶奶又把被子抢走了。我没被子盖,冻得蜷作一团,直打哆嗦,于是又把被子抢过来一些。当天夜里,这样的桥段又重复了一遍,我的双脚都被冻僵了,我只得起身,拿出爸爸的毯子和雨衣盖在身上,权当被子,这才踏实睡去。

三

弗洛伊德夫人为我准备的早饭没有一点肉，只有玉米粥和一个煎蛋。吃过早饭，我把表和刀放进口袋，枪放进糖袋，都随身带着。

我来到联邦法院，听说警长去了密歇根州的底特律，押解罪犯去一个他们称之为"感化院"的地方。当值的一位副警长称，他们会适时抓捕汤姆·钱尼，不过还要等一段时间才能轮到他。副警长向我展示了一张逃犯清单，上面都是印第安保留区逃亡罪犯的名字，清单就像《阿肯色州公报》上每年用小号字体登载的偷税、漏税名单一样。我不喜欢那张单子，也不在乎副警长"自以为是"的态度。他仗着这份工作，气焰才如此嚣张。联邦政府的工作人员都是这副德行，更可恶的是，他们就是一个共和党黑帮，对支持阿肯色州民主党的好市民不闻不问。

法庭正在选陪审团。门口的法院法警告诉我，雄鸡科格本是案件的主要证人,当天晚些审讯的时候,他就会出现。

我去了斯通西尔的牲畜房。他有一间很好的牲口棚,后面有一大片畜栏,还有很多小饲养圈。那些降价处理的牧牛小马都在畜栏里,颜色各异,大约有三十头。我原本以为这些小马都病恹恹的,没想到它们都活蹦乱跳,眼睛明亮,虽然满身尘土,皮毛略显凌乱,却很健康。它们的尾巴上沾着很多芒刺,可能从来没人给它们刷过尾毛。

我本来还对这些小马心怀恨意,因为父亲的死与它们也有干系,但这时我意识到这种想法毫无道理,这些可爱的动物是无辜的,它们不懂得善与恶的区别,我不应迁怒于它们。我说的动物特指这些小马。我觉得有些马和很多猪的内心充满恶意。我还要说,尽管猫经常可以帮到人类,但所有的猫都是邪恶的。在它们诡秘的脸上,你难道看不出撒旦的影子吗?有些牧师会说这是迷信之人在危言耸听。我要对他们说:"牧师,请翻到《圣经·路加福音》第八章,读一读二十六至三十三节。"[1]

斯通西尔在牲口棚的一角有一间办公室,办公室的玻璃门上写着"G. 斯通西尔上校,特许拍卖商,棉花代理商"。他此刻正坐在办公桌后面,屋里的炉火烧得通红。他光头,戴着眼镜,看样子是个谨小慎微的人。

我问道:"你这里收棉花的价钱是多少?"

---

[1]《圣经》该部分讲述的是撒旦的仆役污鬼附在人身上,耶稣准许他们转附到猪身上的故事。

他抬头看了看我，应道："中低档的散货，九美分半；普通棉花，十美分。"

我说："我们家的棉花大多卖得早，卖给了小石城的伍德森兄弟，价钱是十一美分。"

他说："那我建议你把剩下的都卖给伍德森兄弟。"

"我们已经卖完了。"我说，"最后一批只卖了十美分半。"

"那你来这儿告诉我这些做什么？"

"我之前想，或许明年我们可以卖到这里，不过现在看来，小石城给的价钱还不错。"我把治安官写的字条递给他看了看。他读过字条之后，对我的态度不像之前那么冲了。

他摘下眼镜说："真是一桩惨剧。说实话，你父亲的勇气令我钦佩。他做生意锱铢必较，却有绅士之风。我的门卫，牙被打掉了，现在只能喝汤。"

我说："很抱歉听到这个消息。"

他说："凶手逃到了印第安人保留区，在那里避风头。"

"我也听说了。"

"他在那里能找到很多同伙。"他说，"物以类聚，那里就是个罪犯窝。每天都免不了有些犯罪新闻，要么是某个农民被打晕，要么是某个妇人遭到欺侮，要么是某个无辜的游客被围堵伏击，遭遇血光之灾。商业文明的春风吹不到那里。"

我说:"我希望法警能尽快将罪犯绳之以法。他名叫汤姆·钱尼,之前在我们家干活。我准备采取行动,一定要看着他被枪毙或绞死。"

"是,是,希望你能得偿所愿。"斯通西尔说,"不过,我还要劝你耐心一些。英勇的法警会尽力而为,但是他们人手太少。犯法的人太多,这片区域又那么大,到处都是他们天然的藏身之所。法警在那片罪犯聚集之地孤军奋战,所有人都想对他不利,只有当地的印第安人不会因为外来罪犯的暴行而害他。"

我说:"我想把我父亲买的那些小马再卖给你。"

他说:"恐怕不行。我会尽快安排,把它们运到你家。"

我说:"我们现在不想要这些小马了。我们用不上。"

"这可与我无关。"他说,"你的父亲付了钱,买下了这些小马,买卖就此完成。我手里还有收据。但凡我用得上,我就会考虑出价买下这些小马,但是这笔买卖明显已经亏钱了,我不想亏更多。我可以帮你安排运输的事情。著名的'艾丽斯·沃德尔'号蒸汽轮船明天启程开往小石城,我会尽力在船上帮你和那些牲口安排位置。"

我说:"我要三百美元,作为我爸爸被偷走的坐骑的赔偿。"

他说:"那你得找偷马的人要。"

"汤姆·钱尼是在你手上偷走那匹马的。"我说,"你有责任。"

斯通西尔听完大笑,说:"我真佩服你的勇气,但是你向我索赔完全是无中生有。顺便说一句,你给那匹马的估价高了两百美元。"

我说："要我说，价钱还说低了呢。朱迪是一匹良种赛马。它曾在牲畜集市上赢过二十五美元。我还见过它驮着一个很重的骑手，跃过有八条横杆的围栏。"

"我相信那场面肯定很精彩。"他说。

"那你打算什么都不给啦？"

"是你的可以拿走，别的不行。那些小马是你的，你可以带走。你父亲的马被一个杀人犯偷走了，虽然有些可惜，但是我已经按照和客户的约定，为那些马提供了必要的防护措施。我们都有损失，只能各自承担。我手下的门卫暂时无法工作，这个损失就得由我来担。"

"那我们只能法庭见了。"我说。

"你爱怎样就怎样。"他说。

"那我倒要看看，一个带着三个孤儿的寡妇在这座城里能不能受到公平对待。"

"你根本就告不赢。"

"阿肯色州达达尼尔的 J. 诺布尔·达格特律师恐怕不这么想，陪审团也一样。"

"你的母亲在哪里？"

"她在耶尔县的家里照顾我的妹妹维多利亚和弟弟小弗兰克。"

"那你把她叫来。我不喜欢和小孩子谈事情。"

"换达格特律师来跟你谈，你肯定也不会好受。他倒是个成年人。"

"你太放肆了。"

"我也不想闹成这样,先生,但是我有理有据,不可能任人摆布。"

"我要请律师来处理这件事。"

"那我也把律师请来。我会给他发一封电报,请他坐今晚的火车过来。他会赚到律师费,我也能把钱要回来,你的律师也能赚一笔,只有你,特许拍卖商先生,要负担全部费用。"

"我不能跟一个孩子商量协议,你说了不算,签的协议也不作数。"

"达格特律师会支持我的任何决定。这你大可放心,也可以发电报确认我签的协议有效。"

"全他妈乱套了!"他气愤地喊道,"我还怎么做生意?明天还有一笔买卖要做。"

"等我离开这间办公室,这件事就没法通过协商解决了。"我说,"我会告上法庭。"

他摆弄了一会儿眼镜,神色慌张,然后说:"我可以付两百美元,买下你父亲留在这里的遗物,但是你得先让律师签发一份免责声明,免除我的一切责任。声明必须有你的律师和母亲的签字,而且需要得到公证。我这个提议已经够大方了,要不是因为诉讼程序太烦琐,我才不会答应。我就不该来这个地方。他们竟然还跟我说这里是西南地区的匹兹堡。"

我说:"你出两百美元买朱迪,我可以接受,但那些小马,我要再收一百美元,汤姆·钱尼留下的那匹灰马,要再加二十五美元。那匹马轻轻松松就能卖上四十美元。总共三百二十五美元。"

"别把那些小马算进来。"他说,"我不会买的。"

"那我就留下小马,但是朱迪的价格变成三百二十五美元。"

斯通西尔轻蔑地哼了一声:"帕加嗦斯在我这儿也不值三百二十五美元。再说,那匹腿脚不灵的灰马根本就不是你的。"

我说:"就是我的。爸爸只是让汤姆·钱尼骑那匹马而已。"

"我已经失去耐心了。你这个孩子真是不近人情。我留下灰马,付给你二百二十五美元,不要那些小马。"

"我不能接受。"

"我最后一次报价。两百五十美元。要给我免责,还要给我留下你父亲的马鞍。饲料和马厩的费用就算了。那匹灰马根本不是你的,不能由你来卖。"

"马鞍不卖,我要留着自己用。达格特律师可以证明灰马的所有权。他会带着扣押财产令来找你。"

"好吧,你仔细听着,我也不跟你扯皮了。我买回那些小马,收下那匹灰马,只能给你三百美元。你要么拿着,要么走人,随便你。"

我说:"我敢肯定,少于三百二十五美元,达格特律师都不会答应。付了这些钱,除了马鞍,所有的东西都归你,而且还免了你一场劳神伤财的官司。换成达格特律师来谈，他提的条件肯定更苛刻，因为里面还有他的一大笔律师费呢！"

"达格特律师！达格特律师！我不认识这个人，十分钟前还和他相安无事。这个知名的大律师到底是什么人物？"

我说："你听说过大阿肯色河维克斯堡海湾蒸汽轮船公司吗？"

"我跟这家公司做过生意。"他说。

"正是达格特律师把他们告破产的。"我说，"他们一开始还跟达格特律师耍花招。这对他来说就是小菜一碟。他和小石城的大人物都有交情，据说他以后能当上州长。"

斯通西尔说："那他可真是胸无大志啊，和他搅浑水的本事相比，简直判若两人。换作我，宁愿在田纳西州做修路的监工，也不愿在这个蛮荒之地当州长。做监工活得更有尊严些。"

"你要是不喜欢这里，就赶紧卷铺盖回老家。"

"我要是有机会逃离这片苦海，周五一早就哼着感恩小曲上车走了。"

"不喜欢阿肯色的人都见鬼去吧！"我说，"你当初来这里做什么？"

"来进货做生意。"

"三百二十五美元，我要定这个数了。"

"这个价钱都包括哪些东西，我要求写下来。"他写了一份简明的协议。我读过之后，做了一两处改动，他在改动的地方签了名字的缩写。他说："让你的律师把免责声明寄到斯通西尔的马房。收到免责声明之后，我就把你勒索的这笔钱汇出去。在这里签字。"

我说："我会让他把免责声明寄到莫纳克寄宿公寓。等你把钱给我了，我才能把信给你。我可以在这里签字，但是你要先给我二十五美元，作为保证金，以表诚意。"斯通西尔给了我十美元，我也就签了那份协议。

我来到电报局，本想长话短说，结果用了整整一页纸才讲清了来龙去脉。我让达格特律师转告妈妈，说我很好，很快就能回家。我也忘了这封电报花了多少钱。

我从杂货铺里买了些饼干、一块干酪和一个苹果，坐到火炉旁的一个钉桶上，吃了便宜又营养的一餐。俗话说得好，"知足常乐"。吃完饭后，我又回到斯通西尔的马房，想把苹果核给小马吃，但是它们都躲到一旁，不愿跟我扯上关系，也不想接受我的礼物。这些可怜的马儿可能从来没尝过苹果。我走进畜栏避开寒风，躺到装燕麦的麻袋上。饭后小憩是人之天性，忙忙碌碌、不顺应天性的人大多英年早逝，活不过五十岁。

斯通西尔戴着一顶傻乎乎的田纳西帽子，正准备出门，却撞见了我，他停下脚步，看了看我。

我说："我要小睡一会儿。"

他说："这样睡舒服吗？"

我说："我就想避避风，想来你也不会介意。"

"不能在里面抽烟。"

"我不抽烟。"

"不能用靴子踩那些麻袋,别踩出了破洞。"

"我会小心的。出去时请关好门。"

我都不知道自己累成了那样,一觉醒来已经是大下午。我的身子被冻僵了,流着鼻涕,明显有些感冒的症状。不管什么时候睡觉,都得盖上点东西。我掸了掸身上的尘土,在人力水井下洗了把脸,拿起装枪的包袱,匆匆赶往联邦法院。

我来到联邦法院,发现门口又聚集了一群人,人数倒是比前一天的少了些。我心想:怎么了?不会又有绞刑吧?!这次倒没有绞刑,吸引人群围攻的是从印第安人保留区来的两辆囚车。

法警晃动着温彻斯特连发步枪,用力戳着犯人,驱赶他们下车。犯人都被铁链锁在一起,就像一条绳上的鱼,其中白人居多,也有一些印第安人、混血儿和黑人。这种场面令人不忍心看,但是你要明白,这些被铁链绑住的畜生多行不义,他们杀人、抢劫、破坏铁路、重婚、伪造货币,有些是世上最邪恶的人。他们走上违法犯罪的邪路,犯下恶果,如今法网恢恢,他们必须付出代价。世间种种,都需要付出代价,只有主的恩典除外,既不必努力赢取,也不能强求。

被关在法院地下监狱里的犯人隔着铁窗,冲新来的犯人发出嘘声,喊着"新囚犯!"之类的话。他们有几个扮出淫荡的表情,吓得人群中的女人扭过头去。我用手指堵住耳朵，穿过人群，走上了法院的台阶。

门口的法警见我是个孩子，不想让我进去，但是我说要找科格本警官谈事，坚持要进去。他见我很坚持，不想闹出什么乱子，就放行了。他让我站在屋里的门口，靠在他身旁，不过这也没关系，反正里面也没有空座位，就连窗台上都坐了人。

尽管艾萨克·帕克法官很有名，但我当时没怎么听说过他，你可能会觉得奇怪。我对周遭发生的事情都很了解，肯定也听人提及过他，包括他在法庭上的事迹，但是并没有什么印象。当然，我们确实生活在他的辖区，却有自己的巡回法院负责审判杀人犯和小偷。我们这个地区，只有老杰里·维克和他儿子那种"非法酿制私酒"的人才会上联邦法庭。帕克法官审判的犯人，大多来自印第安人保留区，那里聚集了全国的亡命之徒。

下面给你讲一件有趣的事情。很久以来，只要是帕克法官审理过的案子，当事人都不得上诉，除非直接上诉至美国总统。后来，他们修改了这项规定，最高法院开始驳回帕克法官的判决，搞得他很烦躁。他说，高居首都华盛顿的人不懂印第安人保留区的血雨腥风。帕克法官将本应站在法官这一边的副检察长惠特尼称作"赦免代理人"，批评他对刑法了解太少，不比对大金字塔里的象形文字了解得多。而那些身居高位的人却说帕克法官用刑太严、为人专横，审判过程冗长，还戏称他的法庭是"帕克屠宰场"。我不知道谁对谁错，只知道他手下有六十五位法警遇害。他们面对的都是穷凶极恶的歹徒。

法官是个高个子，大块头，一双蓝眼睛，蓄着棕色山羊胡，尽管当时他只有四十岁左右，看上去却很出老。他举止庄重，临终时，他请来一位牧师，成了一名天主教徒。他的夫人信仰天主教。这些都是他的私事，与我无关。如果你也判过一百六十人死刑，看过其中八十多人被绞死，那么，或许生命终了时，循道公会也无法抚平你的心绪，你需要的是一剂猛药。这件事很值得深思。风烛残年之时，帕克法官说，不是他绞死了那些人，而是法律制裁了他们。一八九六年，他死于水肿，在地下黑暗的监狱里，所有犯人都大肆欢庆，逼得看守出手镇压。

我留有一份报纸，记录了沃顿案审判的部分经过，虽然这不是官方文本，但还是可信的。我曾凭记忆和这份报纸的记录，写下一篇不错的历史文章。"奥都斯·沃顿，现在依法对你宣判，你将被处以绞刑，绞死，彻底死去！你违背了主的律法，必将接受主的审判，愿主宽恕你的灵魂。你将成为著名边境法官艾萨克·C.帕克的私人记忆。"

可是如今的杂志编辑遇到好故事也看不懂，净印些垃圾。他们说我的文章太长，而且"散漫无章"。我觉得故事只要真实生动，娓娓道来，辅以教育意义，不论长短，都是好的。我不愿和报社的人纠缠。他们经常请我写一些历史评论，但一说到钱，那些编辑就变成了

"小气鬼"。他们觉得我有点家底,会和露西尔·比格斯·兰福德和弗洛伦斯·马布里·怀特塞德一样,为了署个名,便愿意为他们的周日专栏写文章。正如那个黑人小哥说的:"我不吃那一套!"至于露西尔和弗洛伦斯,她们爱怎么做,就随便吧。报纸编辑都是擅长不劳而获的人。他们还有一种伎俩,就是派记者和你聊天,免费套出你的故事。我知道年轻的记者收入微薄,如果这些小伙子头脑清晰,我倒愿意帮他们拿下"独家新闻"。

我走进法庭时,看到一个克里克部落的印第安男孩站在证人席上。他正用母语说着什么,另外一个印第安人在帮他翻译,进程缓慢。我站在那里,听了差不多一小时,他们才传唤雄鸡科格本来到证人席。

起初,我误以为那个衬衫上别着警徽的瘦削年轻男子是科格本,后来却惊讶地发现一个年老的独眼龙上了证人席,开始宣誓。我觉得他有些"年老"。他看起来四十岁上下,身形与格罗弗·克利夫兰总统[1]相仿,地板被他压得嘎吱作响。他身穿一套黑色西服,满身尘土,等他坐下时,我才看到别在马甲上的警徽。警徽是银质的,不太大,圆形的,中央有颗星星。他的八字胡也和克利夫兰总统的有几分相似。

有人会说,当年全国长得像克利夫兰的人可比不像的还多。总之,他就是很像。克利夫兰也曾当过治安官。虽然一八九三年他在任

---

[1] 美国第二十二任和第二十四任总统。

时出现了大萧条,人民遭受了巨大的痛苦,但我们家一直支持他,对此我也不会羞于启齿。我们一直支持民主党,自然也支持阿尔弗雷德·史密斯州长,当然也不全是因为乔·罗宾逊[1]。爸爸生前总说,南北战争之后,我们的朋友只有纽约的爱尔兰民主党人了。要是饿死我们不会闹出乱子,撒迪厄斯·史蒂文斯[2]和那帮共和党恶棍早就动手了。这些在历史书里都有记载。现在我要通过一段对话来介绍雄鸡科格本,让故事"重回正轨"。

巴洛先生: 请介绍一下你的姓名和职业。

科格本先生: 鲁宾·J. 科格本。我是阿肯色州西区的联邦法院副警长,在印第安人保留区有刑事管辖权。

巴洛先生: 你在任多久了?

科格本先生: 到三月就四年了。

巴洛先生: 十一月二日那天,你是否当值?

科格本先生: 是的,先生。

巴洛先生: 那天是否有非同寻常的事情发生?

科格本先生: 有,先生。

巴洛先生: 请用你自己的话描述一下发生了什么。

---

1 乔·罗宾逊曾任阿肯色州州长,曾与史密斯联合参加总统竞选。
2 美国前众议员。

科格本先生：好的，先生。那天晚饭之后不久，我们从克里克部落返回史密斯堡，距离韦伯斯福尔斯西面大约四英里。

巴洛先生：等一下，都有谁和你在一起？

科格本先生：与我一道的还有其他四位副警长。我们押解了一车罪犯，向史密斯堡进发。车上一共七名囚犯。我们来到距离韦伯斯福尔斯西面大约四英里的地方时，那个名叫威尔的克里克男孩焦躁不安地骑马飞奔而来。他带来一个消息。他说，那天早上，他提了一些鸡蛋，去加拿大河边的汤姆·斯波蒂德－古尔德家拜访他们夫妇。抵达后，他发现女人躺在院子里，后脑勺开了花，汤姆则倒在屋里，胸部有猎枪的枪伤。

古迪先生：反对。

帕克法官：科格本先生，只需要讲出你见到的情景。

科格本先生：好的，先生。波特副警长和我骑马赶到斯波蒂德－古尔德家，囚车在后面，由施密特副警长负责看押。我们抵达目的地之后，发现现场与那个男孩威尔描述的一致。那个女人死在院子里，脑袋上围着一群绿头苍蝇，男人在屋里，胸部被猎枪打穿，双脚烧伤。当时他还活着，但也就奄奄一息。风飕飕吹过他身上血淋淋的口子。他说当天凌晨四点，沃顿家的两个男孩醉醺醺地骑

　　　　　　　马过来——

古迪先生：　反对。

巴洛先生：　这是受害人的临终遗言，法官大人。

帕克法官：　反对无效。继续，科格本先生。

科格本先生：他说，沃顿家的两个男孩，奥都斯和C. C. 醉醺醺地骑马过来，用双筒猎枪把他砸翻在地，问他："老家伙，快说，钱藏在哪里。"他不肯说，于是他们就点了几根松节，贴到他的脚边。他只得告诉他们，熏肉房的一角有一块灰色石头，下面藏了一个密封水果罐，钱就在瓶子里面，是四百多美元钞票。他的妻子一直哭个不停，求他们饶命。她逃向门外，奥都斯跑到门口，开枪打死了她。他刚要从地上爬起来时，奥都斯转身朝他也开了一枪。然后他们就扬长而去。

巴洛先生：　接下来发生了什么？

科格本先生：他在我们面前咽了气。死前极度痛苦。

巴洛先生：　你说的是斯波蒂德-古尔德吧。

科格本先生：是的，先生。

巴洛先生：　那么之后你和波特警官做了什么？

科格本先生：我们去了熏肉房，发现那块石头被人挪动过，罐子不见了。

古迪先生：　　反对。

帕克法官：　　证人的猜测不必赘述。

巴洛先生：　　你们在熏肉房的一个角落发现了一块灰色石头，石头下面有一个洞？

古迪先生：　　如果公诉人要做证，我建议他也先发誓。

帕克法官：　　巴洛先生，你刚才的问话方式不太合规。

巴洛先生：　　对不起，法官大人。科格本警官，你在熏肉房的角落里发现什么了吗？

科格本先生：我们发现一块灰色石头，旁边有个洞。

巴洛先生：　　洞里有什么？

科格本先生：什么都没有。没有瓶子，什么都没有。

巴洛先生：　　随后你们做了什么？

科格本先生：我们等着囚车跟上来。等到囚车之后，我们讨论了一番，决定谁去追沃顿家的两个男孩。波特和我之前与他们俩打过交道，于是我们就跟去了。我们骑马追了大概两小时，来到加拿大河附近的北福克，那里有一条支流汇入加拿大河。我们到达时，太阳快落山了。

巴洛先生：　　你们发现了什么？

科格本先生：我带了单筒望远镜，我们发现了那两个男孩和他们的老爹阿龙·沃顿，他们站在小溪的岸边，身旁有几头猪，五六头吧。他们宰了一头小猪，正在剥皮割肉。猪被吊在一根树枝上，他们还生了火，火堆上的一口锅里烧着热水。我们把马拴在小溪下游四分之一英里的地方，徒步溜进灌木丛，准备先发制人。出现在他们面前后，我告诉那个老家伙阿龙·沃顿，我们是联邦法警，需要和他的两个儿子谈谈。他抓起一把斧子，开始咒骂我们，还诬蔑法庭。

巴洛先生：你的反应如何？

科格本先生：我向后退去，躲开斧子，试图跟他讲道理。这时，C.C.沃顿悄悄挪到锅后面，借着水蒸气挡住身子，拿起一把靠在原木上的猎枪。波特发现了他，但为时已晚，没等波特开枪，C.C.沃顿就给了他一枪。然后，他又想朝我开枪。我先开了枪，然后那个老家伙挥舞着斧子冲过来，我又给了他一枪。奥都斯逃进小溪里，我也给了他一枪。阿龙·沃顿和C.C.沃顿当场倒地丧命。奥都斯·沃顿受了伤。

巴洛先生：然后发生了什么？

科格本先生：一切都结束了。我把奥都斯·沃顿拖到一棵栎树下，让他坐在地上，把他的胳膊和双腿绑到了树上。我用手帕尽力帮波特止血。他的情况糟透了。我走进小屋，阿龙·沃顿的女人在里面,但她不愿开口说话。我在屋里四处搜寻,在一些柴火下面找到一个罐子,里面装着钞票,总数为四百二十美元。

巴洛先生: 波特警官怎么样了?

科格本先生: 六天之后,他在城里去世,死于脓毒,身后留下妻子和六个孩子。

古迪先生: 反对。

帕克法官: 不要做无关评述。

巴洛先生: 奥都斯·沃顿怎么样了?

科格本先生: 他就坐在那里。

巴洛先生: 你可以提问了,古迪先生。

古迪先生: 谢谢,巴洛先生。你刚才说自己做副警长多少年了,科格本先生?

科格本先生: 快四年了。

古迪先生: 这段时间里,你打死了多少人?

巴洛先生: 反对。

古迪先生: 我不只是在问射杀人数的问题,法官大人。我想证明目击证人是否存在偏见。

帕克法官: 反对无效。

古迪先生: 多少人,科格本先生?

科格本先生：我从来都不会随便开枪杀人。

古迪先生：我问你的不是这个问题。多少个？

科格本先生：打中还是打死？

古迪先生：就说打死的数量吧，这样好计算。自你成为这个法庭的法警之后，共打死过多少人？

科格本先生：大概十二个或十五个吧，要么是追击逃犯，要么是自卫。

古迪先生：大概十二个或十五个吧。人数太多，你都不记得确切的数字了。记住你是发过誓的。我查过相关记录，有准确的数字可依。快说，多少个？

科格本先生：加上沃顿家这两个，应该是二十三个。

古迪先生：我就知道你不会轻易说出实话。现在我们来算算。四年里杀了二十三个人。每年大约六人。

科格本先生：这是一份危险的工作。

古迪先生：看来确实如此。可是对那些不幸被你逮捕的倒霉家伙来说，是否危险得多呢？单说沃顿这一家人，你就杀了几个？

巴洛先生：法官大人，我认为需要提醒对方律师，这位警官并非此案被告。

古迪先生：法官大人，我的委托人及其已故的父亲和兄弟，因这位科格本先生的挑衅，卷入一场枪战。去年春天，他枪杀了阿龙·沃顿的大儿子，十一月二日，他差点屠杀了这个家庭余下的所有人。我会证明这一点。科格本这个刽子手长久以来披着法庭权威的荣耀外衣。要证明我的委托人无辜，我只能摆出这两起相关的枪击案件的事实，并对科格本的执法方式进行回顾性调查。包括波特警官在内的其他所有当事人都恰巧遇难。

帕克法官： 可以了，古迪先生，控制一下你的情绪。我们等一会儿再听你的辩词。辩护虽然可以从多个维度展开，但是我认为不分青红皂白地使用"屠杀"和"刽子手"之类的词，无助于我们了解真相。请继续讯问。

古迪先生： 谢谢，法官大人。科格本先生，你认识被告人奥都斯·沃顿已故的兄长杜布·沃顿吗？

科格本先生： 去年四月，我为了自卫，在切罗基部落的行蛇地区射杀了他。

古迪先生： 事情经过是怎样的？

科格本先生： 他向切罗基人出售烈酒，我正准备奉命逮捕他。他不是初犯。他拿着一个大螺栓向我冲来，还一边说："雄鸡科格本，我要把你的另一只眼也戳瞎。"于是我便开始自卫。

古迪先生： 他只拿着一个固定马车牵引架的大螺栓，除此之外没有别的武器？

科格本先生：我不知道他还有没有别的武器。我看见他拿着一个大螺栓，也见过有人被类似的东西砸烂了身体。

古迪先生：你有没有带武器？

科格本先生：带了，先生。我有一把手枪。

古迪先生：什么样的手枪？

科格本先生：一把 .44-40 的柯尔特左轮手枪。

古迪先生：你是不是在夜深人静之时，手里拿着那把左轮手枪向他走去，没有发出任何警告？

科格本先生：我确实拿着枪，是的，先生。

古迪先生：你的枪上了膛，拉下了撞锤吗？

科格本先生：是的，先生。

古迪先生：你有没有把枪藏在身后或者以别的方式隐藏起来？

科格本先生：没有，先生。

古迪先生：你的意思是说，杜布·沃顿手里拿着一小块铁，就冲向随时可以射击的左轮手枪枪口了？

科格本先生：确实如此。

古迪先生：这就奇怪了。十一月二日这一天，你是不是又同样来势汹汹地出现在阿龙·沃顿和他两个儿子面前？当时你手持同一把六发左轮手枪，从隐蔽处突然蹿到他们面前。

科格本先生：我总是随时准备着。

古迪先生：　你的手里拿着枪？

科格本先生：是的，先生。

古迪先生：　上了膛，拉下了撞锤？

科格本先生：如果没上膛，也没拉下撞锤，那也开不了枪啊。

古迪先生：　请直接回答我的问题。

科格本先生：这个问题问得毫无道理。

帕克法官：　不要和律师争辩，科格本先生。

科格本先生：好的，法官大人。

古迪先生：　科格本先生，我们回到小溪边的案发现场。当时已近黄昏，阿龙·沃顿和两个尚在世的儿子正在自家的地里做事，完全合法。他们在屠宰一头猪，为了给餐桌提供些肉——

科格本先生：那是偷来的猪。那片农场属于沃顿的女人明妮·沃顿。

古迪先生：　法官大人，您能让这位证人在未被提问时保持沉默吗？

帕克法官：　可以。我也要求你开始提问，这样他才有问题可回答。

古迪先生：　抱歉，法官大人。言归正传，沃顿先生和他的儿子当时在溪岸边。两个男人突然凭空跳出，手里都拿着左轮手枪——

巴洛先生：　反对。

帕克法官： 反对有效。古迪先生，我已经很宽容了。我允许你继续提问，但必须强调，讯问应以问答形式展开，不可加入戏剧性的独白。我要给你警告，这次问话最好能迅速引出实质性的结果。

古迪先生： 谢谢法官大人。恳请法庭再给我一些时间。我的委托人深知本庭对被告严厉，也因此表达过他的恐惧，但是我向他保证过，在这个伟大的国家里，没有人比艾萨克·帕克法官更重视真相和正义，更仁慈——

帕克法官： 请注意言辞，古迪先生。

古迪先生： 好的，法官大人。好吧，科格本先生，你和波特警官从灌木丛里跳出来，阿龙·沃顿看到你们之后，有什么反应？

科格本先生： 他拿起一把斧子，开始辱骂我们。

古迪先生： 面对突发危险时的本能反应。是这样吗？

科格本先生： 我不明白你的意思。

古迪先生： 换作你，难道不会做出同样的反应吗？

科格本先生： 要是波特那样跳到我面前，让我做什么我都会照办。

古迪先生： 对，正是如此，你跟波特都会这样。当时沃顿的生命受到了威胁，这一点我们应该已经可以确定。那么，我们再回到更早的一个案发现场，回到斯波蒂德－古尔德的家里，谈一谈囚车的问题。当时谁在负责看管囚车？

科格本先生：施密特副警长。

古迪先生：他不想让你去沃顿家，是不是？

科格本先生：我们讨论了一会儿，他赞成应该让波特和我去。

古迪先生：但他知道你和沃顿一家有血海深仇，一开始不想让你去，是不是？

科格本先生：他肯定想让我去，要不也不会答应。

古迪先生：他是在你的劝说下才同意的，是不是？

科格本先生：我了解沃顿一家，担心如果是别人去抓捕，有可能会丧命。

古迪先生：结果呢，多少人被杀？

科格本先生：三个。但是沃顿一家没有逃掉。现在也不算最糟糕的结果。

古迪先生：是，你当时也有可能丧命。

科格本先生：你误会了我的意思。三个杀人强盗要是逃掉，恐怕还会害死更多人。不过你说得也对，我确实有可能丧命。当时很险，即使对我而言，也不是一件轻松的事。

古迪先生：我也不轻松。你可真是天生的生存强者啊，科格本先生。我对你真是无比钦佩。你刚才在证词里说，你看到阿龙·沃顿冲向你们，便向后退去。

科格本先生：是的。

古迪先生：　你向后退了？

科格本先生：是的，先生。他手里举着斧子。

古迪先生：　你朝哪个方向退的？

科格本先生：我后退时总是向后退。

古迪先生：　你说话还挺幽默的。你到达时，阿龙·沃顿正站在锅旁？

科格本先生：更像是蹲着的。他当时正往锅下面添火。

古迪先生：　那斧子在哪里？

科格本先生：就在他手上。

古迪先生：　你说你手上拿着一把上了膛的左轮手枪，举在很显眼的位置，但他还是拿起斧子，向你冲来，就跟之前的杜布·沃顿一样，手里拿着个钉子还是纸卷之类的东西就冲向了你？

科格本先生：是的，先生。还不停地咒骂、威胁。

古迪先生：　而你后退了？你们向远离锅的方向退去了？

科格本先生：是的，先生。

古迪先生：　开枪之前，你退了多远？

科格本先生：七八步吧。

古迪先生：　你的意思是说，阿龙·沃顿也冲你走了差不多的距离，七八步？

科格本先生：差不多吧。

古迪先生： 那距离有多少呢？十六英尺[1]？

科格本先生：差不多吧。

古迪先生： 那请你向陪审团解释一下，为什么他的尸体就在锅旁边，一只胳膊还伸在火堆里，衣袖和手都被烧烂了。

科格本先生：我记得他不是倒在那里的。

古迪先生： 你射杀他之后挪过尸体？

科格本先生：没有，先生。

古迪先生： 你没有把他的尸体拖回火堆旁？

科格本先生：没有，先生。我觉得他的尸体不在那里。

古迪先生： 有两位目击证人在枪击之后不久抵达现场，他们可以证实尸体的位置。你不记得自己挪动过尸体？

科格本先生：如果他的尸体在那里，我就可能挪过。我不记得了。

古迪先生： 你为什么要把他的上身放进火堆里？

科格本先生：嗯，不是我干的。

古迪先生： 那就是说，你没有挪动他，他也根本没冲向你。或者你挪动过他，还把他的尸体扔进了火堆里。到底是哪种情况？你想好了再说。

科格本先生：可能是周围那几头猪把他拱进去的。

---

[1] 1英尺约合30.48厘米。

古迪先生： 真的是猪吗？

帕克法官： 古迪先生，天黑了。再给你几分钟，能结束对这位证人的讯问吗？

古迪先生： 恐怕需要多一些时间，法官大人。

帕克法官： 很好。明天早上八点半继续讯问吧。科格本先生，请你到时也按时回到证人席。陪审团不得向他人透露本案案情，成员之间也不得讨论。被告人拘留候审。

    法官敲响了法槌，我毫无预感，吓了一跳。人群散去。我一直没看清奥都斯·沃顿的长相，等他站起了身我才看清，他两侧各有一名警察看押着。尽管有一只胳膊用绷带吊着，但在法庭上，他手腕还是被铐上了手铐。他就是这么一个危险的人。要说什么人有一副凶神恶煞的杀人犯的面相，看看奥都斯·沃顿就知道了。他是个杂种，眼间距很小，贼眉鼠眼的，而且眼睛就跟蛇眼一样，永远睁着。他面无表情，常年作恶使他变得麻木不仁。克里克部落的印第安人都是好人，但是像他这样的克里克人和白人的混血儿或克里克人和黑人的混血儿就是另一回事了。

    警官押着沃顿走出法庭时，从雄鸡科格本身边经过，沃顿对着科格本说了些什么，想来就是一些恶毒的咒骂和威胁之语。雄鸡就那么看着他。人流推着我，把我挤到门外。我在门廊里等待着。

就剩最后几个人了,雄鸡科格本才从里面出来。他一只手拿着一张报纸,另一只手拿着一袋烟叶,准备卷一支烟。他的手在颤抖,烟叶不停地往外撒。

我来到他身前问道:"是雄鸡科格本先生吗?"

他应道:"有什么事?"他在想着别的什么事情。

我说:"我想和您聊聊。"

他打量了我一番,问道:"什么事?"

我说:"听说你是真正英勇无双的人。"

他说:"你想干什么,小姑娘?有话快说。该吃晚饭了。"

我说:"我来给你卷支烟吧。"我接过卷了一半的烟,搓弄了一下,舔了一下卷烟纸后粘上,把两头拧上,又递给了他。烟有些松垮,因为他之前把卷烟纸弄皱了。他把烟点上,火苗一燃起,转眼之间半支烟就烧掉了。

我说:"你的烟叶太干了。"

他仔细看了看说:"可能是吧。"

我说:"我正在寻找枪杀我父亲弗兰克·罗斯的人,我父亲在莫纳克寄宿公寓门口遇害。凶手名叫汤姆·钱尼。据说,他已经逃到了印第安人保留区,我需要找人帮忙追捕他。"

他问:"你叫什么名字,姑娘?家住哪里?"

"我叫玛蒂·罗斯。"我应道,"家住达达尼尔附近的耶尔县。我的母亲在家里照顾我的妹妹维多利亚和弟弟小弗兰克。"

"你最好回家找他们。"他说,"他们需要你帮忙做家务。"

我说:"警长和警局里的人已经给我讲了具体情况。你可以拿着汤姆·钱尼的逮捕令去追捕他。抓他归案,政府会付给你两美元,外加每英里十美分的补贴。除此之外,我还会给你五十美元的赏金。"

"你调查得还挺清楚的。"他说。

"是的,我确实调查过。"我说,"我不是闹着玩的。"

他问:"你那个袋子里装着什么?"

我打开糖袋给他看。

"老天!"他说,"柯尔特龙骑兵!你还是个小不点!拿枪做什么?"

我说:"这是我父亲的。如果法律不能制裁汤姆·钱尼,我就用这把枪打死他。"

"嗯,这把枪倒是能打死他。不过你得先找个树墩子架住枪,然后才能瞄准射击。"

"这里的人都不认识我的父亲,我怕钱尼就这样逍遥法外,只能自己动手。我的弟弟还是个孩子,我母亲的娘家人都远在加利福尼亚的蒙特雷。我的祖父罗斯已经骑不了马了。"

"我不信你有五十美元。"

"再等一两天就有了。你听说过一个名叫幸运星内德·佩珀的人吗?"

"我很熟。去年八月,我在旋梯山打中了他的嘴唇。那天他倒是挺走运的。"

"据说汤姆·钱尼加入了他们那一伙。"

"我不信你有五十美元,小姑娘。不过如果你饿了,我可以请你吃一顿晚饭,我们可以边吃边聊,商量一下。你觉得怎么样?"

我说那再好不过了。我之前以为他和家人一起住在自己的房子里,未曾料想他住在一个中国人开的杂货铺里。杂货铺在黑暗的街道上,他只有一个小房间。他没有妻子。那个中国人姓李,晚饭准备了煮土豆和炖肉。我们三个围坐在一张矮桌旁吃饭,桌子中央摆着一盏煤油灯。一条毯子权当桌布。吃饭间,一个小铃铛响了一声,李起身穿过帘子,去店铺里招呼客人了。

雄鸡科格本说他对我父亲遇害的消息有所耳闻,但是不了解细节。我给他讲了讲。借着煤油灯的光,我注意到他坏掉的左眼没有完全闭上,眼睛底部有一条月牙状的眼白,在灯光下闪烁着。他一只手拿着勺子,另一只手抓着一片面包,吃得大汗淋漓。同住的那位中国人用精巧的筷子,对比多么鲜明啊!我以前从未见过别人用筷子。多灵活的手指啊!咖啡煮好之后,李从火炉上取下咖啡壶,要给我倒一杯。我用手挡住了杯口。

"我不喝咖啡,谢谢。"

雄鸡说:"那你喝什么?"

"我喜欢喝冷的脱脂牛奶。"

"这个真没有。"他说,"也没有柠檬汁。"

"你们有甜牛奶吗?"

李到前面的冰柜里取出一罐牛奶,里面的乳脂已经被撇去了。

我说:"喝起来像劣质脱脂奶。"

雄鸡拿起我的杯子,放到地上,一只胖乎乎的狸花猫从暗处放床铺的地方走过来,舔起了牛奶。雄鸡说:"将军可没那么难伺候。"这只猫被称为斯特林·普赖斯将军。李端来几块蜂蜜蛋糕当餐后甜点,雄鸡像个孩子一样,在蛋糕上涂满了黄油和果酱。他爱吃甜食。

我主动提出要去收拾碗碟,他们也没反对。水井和盥洗盆在外面。那只猫跟着我出了门,想讨一些残羹剩饭。我拿着一块抹布,用黄皂和冷水尽力清洗了搪瓷碗碟。我回到屋里时,雄鸡和李已经玩起了扑克。

雄鸡说:"把我的杯子拿来。"我递给他,他拿起一个细颈大酒瓶,倒了一杯威士忌。李抽起了他的长烟斗。

我说:"我之前的提议考虑得怎么样了?"

雄鸡说:"我还在考虑。"

"你们在玩什么?"

"抬头猜人游戏[1]。你也想玩一把?"

"我不会玩。我会玩叫牌式惠斯特[2]。"

---

[1] 一个小学儿童玩的传统游戏,每个选定的参与者低头,有人摁下他的拇指,然后被摁拇指的人再抬头猜摁拇指的人是谁。
[2] 经典纸牌游戏惠斯特的一种变体。

"我们不玩。"

我说:"要我说,这五十美元赚起来很轻松。反正这也是你的工作,还能赚点外快。"

"别烦我。"他说,"我在计算费用呢。"

我看着他们,不再作声,只是偶尔擤一下鼻涕。过了一会儿,我说:"你又是玩牌,又是喝威士忌的,哪还能考虑这笔追捕犯人的生意。"

他说:"要我对付内德·佩珀,得花一百美元。我已经算好了。还要预付五十美元。"

"你想占我便宜。"

"我给你的已经是儿童价了。"他说,"想逮到内德可不简单。他会躲进乔克托部落的山里。肯定要花些钱的。"

"你别想让我供你喝威士忌。"

"我不用自己买,没收别人的就行。你可以喝点,能治感冒。"

"不用了,谢谢。"

"这可是正经的好东西。是由麦迪逊县生产,经过两次蒸馏的窖藏精品。喝一小勺,全身都会充满力量。"

"我可不会让这窃贼偷走我的理智。"

"哟,是吗?"

"是的。"

"好吧,小姑娘,我要价一百美元。就这样。"

"这么贵,我需要你的保证。我要弄清楚最后我到底能得到什么。"

"你的钱,我连影子都没见着。"

"再过一两天我就有钱了。我会先考虑你的要价,再来和你谈。现在我要回莫纳克寄宿公寓了。你最好能送我回去。"

"你怕黑吗?"

"我从不怕黑。"

"我要是有一把你那样的大手枪,就不怕任何坏人。"

"我不怕坏人,只是不认识回去的路而已。"

"你还真是麻烦。等我打完这一把。中国人的心思你根本就猜不透,所以他们打牌总能赢。"

他们在赌钱,雄鸡没赢。我不停地催他,但他一直说"再玩一把",很快我就头贴着桌子睡着了。过了一段时间,他把我摇醒。

"醒醒。"他说,"醒醒,小姑娘。"

"怎么了?"我说。

他喝醉了,正在摆弄爸爸的手枪。他用枪指着商店隔帘旁的地面,我看了一眼,发现那里有一只又大又长的老鼠。老鼠盘坐在地上,尾巴翘了起来,咬破了一个袋子后吃着破洞里撒出的东西。我吓了一跳,正要尖叫时,雄鸡却伸出他那只满是烟味的手捂住了我的嘴,并捏住我的脸颊,让我别出声。

他说:"别动。"我环顾四周,没看到李,估计他已经上床睡觉了。雄鸡说:"我要试试这个新法子。看好了。"他向前探身,低声和老鼠说起了话:"我这里有一份法庭令状,命令你立刻停止偷吃李的玉米面。这是一份老鼠令状,给老鼠下发的令状,我是按令执法。"然后他转头看向我说:"它停下来了吗?"我没搭理他。我从来都不会在醉汉和好卖弄的人身上浪费时间。他说:"我看它好像没停下来。"他拿着爸爸的左轮手枪,枪口向左,冲着地下,没有瞄准就开了两枪。枪声响彻小小的房间,窗帘飞了起来,我的耳朵被震得嗡嗡作响。屋里硝烟弥漫。

李从床上坐了起来,说:"要打枪就去外面。"

"我在执行法院的判决。"雄鸡说。

老鼠的身子被打烂了。我走过去,拎起它的尾巴,把它扔给门外的斯特林。这只猫早就该闻到老鼠的味道,立刻干掉它了。

我对雄鸡说:"不要再用那把枪了,我可没多少弹药。"

他说:"就算有弹药,你也不会装。"

"我会。"

他来到自己的床铺前,从下面掏出一个锡质箱子,放到桌上。箱子里装满了油腻的抹布、子弹,零零碎碎的皮革和绳子。他从里面拿出一些铅弹、铜火帽和一锡盒火药。

他说:"好吧,你来装给我看看。这里有火药、火帽和子弹。"

"我现在不想装。我困了,想回莫纳克寄宿公寓的房间睡觉。"

"嗯,我就知道你不会。"他说。

他开始给两个枪筒重新装填弹药,颤巍巍地把东西撒得到处都是,弹药装得也不太像样。装填完毕之后,他说:"这把枪太大、太笨重,不适合你。你最好换一把用弹药箱的枪。"

他从箱子底部翻出一把小枪,枪的样子很滑稽,有好几个枪管。"你应该用这一把。"他说,"二十二毫米口径的转管手枪,五发装,有时可以五发同射,被称作'女士伴侣'。城里有个叫大胖子费伊的妓女就被自己的继姐妹用这种枪打了两枪。费伊有两百九十磅,子弹没有伤到她的要害。这种事很少见。对付一般人,这把枪很好用。这几乎是一把全新的枪,跟你换这把旧的也行。"

我说:"不,那是爸爸的枪。我要走了,你听见了吗?"我从他手里拿回我的手枪,放回袋中。他又往杯中倒了一些威士忌。

"人不能对老鼠执行令状,小姑娘。"

"我也没说你可以。"

"这些狗屁律师以为可以,但根本就不可以。你要么打死它,要么任它胡作非为。它们根本不在乎什么令状。你觉得呢?"

"你要把那些酒全喝光吗?"

"帕克法官就懂这个理。他是个来投机的北方佬,却很了解那些老鼠。以前的法院挺好的,那些讼棍律师来了之后就变了样。光看衣着打扮,你可能会觉得波尔克·古迪是个绅士,但他其实就是个猪狗不如的东西,天生是个残次品。我对他了如指掌。在他们的撺掇下,法官对我心生不满,其他警官也对我有些意见。捕鼠人对老鼠太狠了。他们是这么说的。对那些老鼠宽容些!给老鼠公正的待遇!他们是怎么对待哥伦布·波特的?你给我说说。他是这个世上最好的人。"

我站起身向门外走去,本想等他跟着我,护送我安全到家后,好好羞臊他一番,可是他没有跟来。我离开时,他还在说胡话。小镇渐渐消失在道路尽头的夜色中,我快步走着,路上一个人都没有,只听得到一些音乐和人语,看得见河那边酒吧里的灯影。

我来到卫成大街,分辨了一下方向。我的方向感一直很好,没多久就回到了莫纳克寄宿公寓。公寓里漆黑一片,我绕到后门,心想夜里有人要上厕所,后门应该不会上锁。我没想错。我想起自己还没付第二天的房费,弗洛伊德夫人或许已经安排了一位新的客人和特纳奶奶睡一张床,可能是个卡车司机或铁路侦探之类的。看到那半边床空着时,我顿时备感宽慰。我把多余的毯子都拿了出来,像头一天晚上那样盖上,然后做了祷告,过了好一会儿才睡着。我有些咳嗽。

四

第二天，我生病了。我起床去吃早餐，但是吃不下东西，又是流眼泪，又是流鼻涕，感觉很难受，只能回到床上躺下。弗洛伊德夫人拿一块破毛巾围住我的脖子，毛巾浸过松脂油，满是油污。她给我吃了一种名叫安德伍德医生秘方胆汁活化剂的药。"这一两天你的尿会是蓝色的，不过不用担心，那是药的作用。"她说，"这能让你舒服很多。特纳奶奶和我发现这个灵丹妙药时可高兴坏了。"药瓶上的标签写着：不含汞，医生和牧师推荐。

这种药除了使尿液的颜色变得吓人之外，还搞得我头晕眼花。这时我才觉察到，药里面加了可待因和鸦片酊之类的成分。我记得，全国半数的老妇人都药物上瘾。

谢天谢地，《哈里森麻醉品法》和《沃尔斯泰德法》相继出台。

我知道史密斯州长反对禁酒,但那是因为他的种族习惯和宗教传统,并非个人原因。我认为他首先忠于国家,而非忠于"绝对正确的罗马教皇"。我一点都不害怕艾尔弗雷德·史密斯,他是一位善良的民主党人。我相信,如果他能当选总统,肯定能有所作为,除非他也和这个时代最伟大的长老会信徒伍德罗·威尔逊一样,被那帮共和党黑帮拖住后腿,含恨退位。

我在床上躺了两天。弗洛伊德夫人是个好心人,把一日三餐都送到我床前。房间里太冷,她也没有多逗留或问我很多的问题。她每天去邮局两次,打听有没有我的信件。

特纳奶奶每天下午都会上床休息,我就读书给她听。她很喜欢她的药,会用玻璃水杯盛来喝。我给她读《新时代》和《升降梯》上关于沃顿案件的报道。我还给她读了一本小书,书名叫《沮丧的贝丝·卡洛韦》[1],是别人放在桌头的。书的内容是一个英格兰女孩的故事,她一直犹豫不决,不知道该嫁给一个养了一群狗的富人亚力克,还是嫁给一位牧师。她是个漂亮的女孩,生活条件优越,不用做饭,也不用工作,只要她愿意,想嫁给两个男人中的任何一个都行。可是她有话从来不直说,总是害羞,拐弯抹角的,所有人都猜不透她的心思,这种性格给她惹了一身麻烦。这本书吸引人的正是这一点,特纳

---

[1] 原文为 *Bess Calloway's Disappointment*,现实中并无此书,应该是作者虚构的一段故事。

奶奶和我都读得很开心。书中幽默的地方，我还会反复读。贝丝嫁给了其中一个情郎，结果那个人却为人刻薄，自私自利。我也忘了她嫁给了哪一个。

第二天晚上，我感觉好了一些，于是起床去吃晚饭。那个卖便携式计算器的旅行推销员不见了，桌上还有四五个空位。

晚饭就要吃完时，一个身挎两把左轮手枪的陌生人走了进来，表示要住店。他面相英俊，三十岁左右，额头上一绺头发翘着。他需要洗个澡，刮刮胡子，不过能看出来，他平时不是这副模样，家境应该也不错。他有一双淡蓝色的眼睛，一头褐色的头发，身上穿着一件长款灯芯绒外套，举止高傲，嘴角露出自鸣得意的笑容。他冲你笑的时候，会搞得你有些紧张。

他坐到桌前，却忘了摘掉马刺，弗洛伊德夫人便斥责他，说椅子腿已经被划得不像样子了，不想再让人划坏。那个陌生人道了歉，按她的要求摘了马刺。他的马刺是那种墨西哥式的，有很大的齿轮，他摘下来后放到自己的盘子旁边。随后，他又想起自己的左轮手枪，于是解开枪带，挂到椅背上。他的装备很精良，枪带又厚又宽，上面挂着子弹，两把枪的枪托都是白色的，看起来就像"狂野西部"[1]节目里的人物。

---

[1] 存在于一八七〇年至一九二〇年间在美国和欧洲巡演的杂耍表演。

他的笑容和自信的举止，把餐桌上的人都镇住了。他们不再说话，把他当成一个大人物，一个劲地给他递吃的，只有我依然如故。但我得承认，他的出现还是令我有些担心，因为自己当时头发凌乱，鼻子通红。

他坐在我的对面，吃着东西，隔着餐桌冲我咧嘴一笑，带着得克萨斯州口音说："喂。"

我点头示意，但是什么都没说。

"你叫什么名字？"他问。

"不告诉你。"我说。

他说："让我猜猜看，你叫玛蒂·罗斯。"

"你怎么知道？"

"我叫拉博夫。"他说话带口音，名字听起来好像是拉比夫，"两天前，我见过你的母亲。她很担心你。"

"你跟我母亲有什么关系，拉博夫先生？"

"我吃完饭再跟你讲。我想私下跟你谈谈。"

"她还好吗？出什么事了吗？"

"没事，她很好，什么事都没有。我在找一个人。晚饭后再和你具体说，我饿坏了。"

弗洛伊德夫人说："要是和她父亲的死有关，那我们都很清楚。他就是在这座房子前遇害的。我的门廊上还有血迹，是搬运尸体时留下的。"

那个叫拉博夫的人说:"是别的事情。"

弗洛伊德夫人又讲起了枪击事件的经过,想套他的话,但拉博夫根本不接话,只是微笑着继续吃饭。

晚饭后,我们来到客厅,选了一个角落,避开其他住客。拉博夫拉过来两把椅子,面对着墙放下,布局有些奇怪。我们面对着墙坐下之后,他从灯芯绒外套里取出一小张照片,递给我看。照片皱巴巴的,有些模糊。我仔细看了看,照片上的那个男人看起来像是汤姆·钱尼,虽然面容年轻一些,脸上也没有黑斑。我也这样告诉了拉博夫。

他说:"你的母亲也认出了他。现在我要告诉你一些消息。他的真名叫西伦·切姆斯福德,在得克萨斯州韦科开枪打死了一位名为比布斯的参议员。最近四个月,我几乎一直在追捕他。他曾在路易斯安那州的门罗市和阿肯色州的派恩布拉夫逗留,后来才去了你父亲所在的地方。"

我说:"你为什么不在路易斯安那州的门罗市或阿肯色州的派恩布拉夫逮捕他?"

"他很狡猾。"

"我倒觉得他头脑迟钝。"

"那是装出来的。"

"那他装得还挺像。你是什么执法人员吗?"

拉博夫向我出示了一张授权函,证明他是得克萨斯州骑警,在埃尔巴索附近一个叫伊斯莱塔的地方工作。他说:"我正在执行一项任务,为韦科的比布斯参议员一家办事。"

"钱尼怎么会打死一名参议员?"

"全是因为一条狗。切姆斯福德打死了参议员的捕鸟猎犬。比布斯威胁说要鞭笞他,因此,这位老先生坐在门廊的摇椅上时,切姆斯福德开枪打死了他。"

"他为什么要打死那条狗?"

"我不知道,可能就是因为天性卑鄙。切姆斯福德很难缠,他声称那条狗冲他狂吠。我也不知道是真是假。"

"你说的这个名叫切姆斯福德的人,我也在找他。"我说。

"嗯,我了解。我今天和治安官交流了,他告诉我你住在这里,正在寻找一位警探前去印第安人保留区追捕切姆斯福德。"

"我已经找到人来做这份工作了。"

"那人是谁?"

"他名叫科格本,是联邦法庭的副警长。他是警队里最厉害的一个,熟悉以幸运星内德·佩珀为首的一伙强盗。据说,钱尼已经加入了那伙人。"

"对,你这样做是对的。"拉博夫说,"你需要一个为联邦政府工作的人。我也一直在想这件事。我需要一个人帮忙,这个人要熟悉地形,而且有权在那里逮捕犯人。如今法院的行事方式变幻莫测,可能当我把切姆斯福德带回得克萨斯州的麦克伦南县后,某个营私舞弊的法官却说他是被绑架的,然后把他放了。这种事可让人如何是好?"

"肯定很令人丧气。"

"或许我可以加入你们,一起行动。"

"那你得找雄鸡科格本谈谈。"

"这样对我们都有利。他熟悉地形,我了解切姆斯福德。要想活捉他,至少得两个人。"

"对我来说,怎样都无所谓,不过等你们抓到钱尼,不能把他送到得克萨斯州,他要回史密斯堡接受绞刑。"

"嚯嚯,"拉博夫说,"他在哪里受绞刑都不重要吧?"

"对我来说重要。对你呢?"

"对我来说意味着一大笔钱。不管是在得克萨斯州还是在阿肯色州,反正他都是被绞死,有什么区别吗?"

"有,你刚刚说过,在那里,他们可能会放了他。这里的法官会秉公办案。"

"如果他们不判他绞刑,我们就开枪打死他。我以骑警的身份向你保证。"

"我要钱尼为杀害我的父亲偿命,而不是因为得克萨斯州的某只捕鸟猎犬。"

"不是因为杀狗而被判刑,而是因为杀害参议员,还有你的父亲。你看,他总归是要死的,可以一并承担这几项罪名并为此尝命。"

"不,我不这么看。对这件事我可不是这么看的。"

"我要和你请的那位法警谈谈。"

"和他谈没用。他为我工作,必须按我说的做。"

"不管怎样,我都要去找他谈谈。"

我意识到自己犯了一个错误,不该对这个陌生人毫无保留。如果他不是这么帅,而是个丑八怪,我就会多些戒备。而且我喝了那些胆汁活化剂,脑袋有些晕,不太好使。

我说:"反正你这几天别想和他谈。"

"为什么?"

"他去小石城了。"

"去做什么?"

"法警公务。"

"那我就等他回来再和他谈。"

"你要是聪明的话,就再找一个法警,这里有很多。我和雄鸡科格本已经谈好了。"

"我会去调查的。"他说,"我想你的母亲应该不希望你卷入这类事情中。她以为你在处理马的事。追捕凶犯既卑劣又危险,最好让专业人士去干。"

"我猜那个人就是你喽。四个月，你连一个脸上长黑斑、看着像汤姆·钱尼的凶犯都找不到，我要是这样，肯定不会对别人指指点点。"

"我很不喜欢你这种牙尖嘴利的样子。"

"你可别想欺负我。"

他站起身说："虽然你还小，又生了病，模样也不好看，可是早前我还想偷偷亲你一下，但现在我却想拿皮带狠狠抽你几下。"

"被皮带抽也没比被你亲差多少。"我反驳道，"你动我一下试试，我肯定让你吃不了兜着走。你从得克萨斯州来，不了解我们的习惯。我们阿肯色州的人民都很善良，对虐待妇女儿童的人绝对不会善罢甘休。"

"得克萨斯州的年轻人从小就有教养，懂得尊重长辈。"

"我却觉得那里的人很残忍，都用巨大的马刺催马前进。"

"你不要太无礼了。"

"对你这种人也不必客气。"

他被气坏了，于是躲开我，带着全套的得克萨斯州装备，丁零当啷地走了。

五

第二天,我起了个大早,尽管走路还有些飘,还是感觉稍微好了一些。我迅速穿好衣服,没吃早饭,就匆匆赶去邮局。信件已经送到,正在分拣,传递信件的窗口还没有开。

我冲着信槽向里面喊了一声,把一名办事员喊到了窗口。我表明了身份,然后告诉他我在等一封重要的法律信函。之前弗洛伊德夫人向他问询过,因此他有所了解。他人不错,暂时放下手头的工作,帮我找了起来,没几分钟便找到了。

我迫不及待地撕开信封。终于收到了,经过公证的免责声明(钱就要装进我的口袋里了!),还有一封达格特律师的亲笔信。

信里的内容是这样的:

亲爱的玛蒂：

我相信，我寄来的文件能让你心满意足。我希望你能把这些事情全权交给我来处理，起码在签这类协议之前，能好心先和我商量一下。我不是在责备你，不过你做事这么任性，总有一天要吃亏的。

虽说如此，我还是要承认，你与那位好心的上校商定的条件似乎还不错。我不了解他，不知道他是否正直，在我拿到钱之前，不能把免责声明交给他。我感觉你对他已经有基本的判断了。

你的母亲在困境中表现得很坚强，但她很担心你，盼着你赶紧回来。这一点，我也赞成。史密斯堡不适合小姑娘单独停留，即使是"玛蒂"这样的姑娘也不行。小弗兰克耳朵痛，卧病在床，不过没有大碍。维多利亚精神很好。最好还是不要让她参加葬礼。

麦克唐纳先生仍在外地猎鹿，哈迪先生将代替他在弗兰克的葬礼上致悼词。他准备读《约翰福音》第十六章"我已经胜了世界"这一段。我知道哈迪先生的人缘一般，但他却很有个性，而且很熟悉《圣经》，在这方面任何人都挑不出毛病。共济会丹维尔会所负责入葬仪式。大家都很震惊，也很悲痛，这些自不必说。如果视朋友为财富，弗兰克是一个极为富有的人。

你的母亲和我希望你处理完与上校的交易之后，乘首班火车回家。这件事完成之后，马上给我发电报，我们期望一两天内收到你的消息。我想尽快通过遗嘱认证完成弗兰克的遗产分配程序,此外还有一些重要的事情要与你商量。你不在,你母亲什么决定都不做,什么文件都不签,连最普通的收据都不签;因此,你不回来,任何事情都无法推进。玛蒂,你现在是她的主心骨,也是我的无价之宝,但有时你会成为爱你之人的炼狱。快回家吧!

此致

约翰·达格特

如果你想把一件事做好,就得亲自操心。直到现在我也不知道他们为什么会让欧文·哈迪这样一个古怪的乡巴佬来致悼词。熟悉《福音书》和致悼词完全是两码事,即使请浸礼会甚至坎贝尔派[1]的教徒来都比他强。要是我在家,肯定不会同意,可是我也没法同时顾着两头。

那天早上,斯通西尔没有吵架的心情,他没有吹胡子瞪眼,而是失魂落魄的,就和我认识的一些老年痴呆病人一样。在此我得赶紧澄清一句,这个男人并没有疯。我这么说不太友善,不过是为了强调他的态度变化。

他想给我开一张支票,我知道开支票应该不会出问题,但还是怕上当受骗,自找麻烦,因此坚持要现金。他说银行一开门,就去取给我。

---

[1] 起源于美国恢复运动时期的宗教团体,著名领导人有托马斯·坎贝尔和亚历山大·坎贝尔。

我说："你的气色好像不太好。"

他说："我的疟疾又犯了，每年都会犯一次。"

"我也有些感冒。你吃奎宁了吗？"

"嗯，我吃金鸡纳树皮都吃撑了，吃得耳朵嗡嗡作响。药效已经不如以前了。"

"愿你早日康复。"

"谢谢。我能挺过去。"

我回到莫纳克寄宿公寓吃早饭，钱都已经付过了。那个得克萨斯人拉博夫也在餐桌上，胡子刮了，全身上下干干净净。我原以为他拿额头翘起的那一绺头发没有办法，现在看来，那可能是他故意留的发型。

他真是个既虚荣又傲慢的家伙。弗洛伊德夫人问我信到了没有。

我说："到了，我已经拿到了。今早到的。"

"那就好，这回你可以松口气了。"然后，她又对其他人说，"这封信她已经等了好几天。"随后，又转向我说，"你见过上校了吗？"

"我刚从他那里回来。"我应道。

拉博夫说："什么上校？"

"怎么了，做石头买卖的斯托克西尔上校[1]。"弗洛伊德夫人说。

我打断道："这是我的私事。"

---

[1] 此处原文为 Stockhill the stone trader，为弗洛伊德夫人对 Stonehill the stock trader 的误说。

"你拿到钱了吗?"弗洛伊德夫人说。她的嘴就像黄鲇鱼一样,根本闭不上。

"什么样的石头?"拉博夫问。

"是斯通西尔,贩卖牲口的。"我说,"他做牲口买卖,不是石头买卖。我卖给他一些饿得半死的得克萨斯小马。仅此而已。"

"你这个马贩子的年纪也太小了。"拉博夫说,"更何况性别也不合适。"

"你跟我素不相识,管得也太宽了。"我应道。

"是她的父亲在遇害之前从上校那里买的。"弗洛伊德夫人说,"这位小玛蒂同斯通西尔理论了一番,说服他以不错的价钱买了回去。"

九点左右,我去了牲畜房,用免责声明换回了三百二十五美元的现金。我以前手上也拿过更多的现金,但在我看来,这笔钱将为我带来远超其面值的幸福感。然而现实并非如此,我面对的就是三百二十五美元的纸币,受到的冲击也不像我想象中那么强烈。我有些失落,但很快便不再多想。或许斯通西尔低落的状态也影响了我。

我说:"你履行了协议,我也没有食言。"

"是吗?"他说,"我付钱给你,买了一匹得不到的马,又买了一群无用的小马,还卖不出去。"

"你忘了还有一匹灰马。"

"一匹劣等马。"

"你看事情的角度有问题。"

"我遵从的是上帝的永恒真理。"

"我希望你不要觉得我坑了你。"

"没有，完全没有。"他说，"自从来到'熊州'阿肯色之后，我的命运便一直如此。这只是其中一个片段，而且是相对快乐的一个。有人对我说这里是西南地区的芝加哥。我的小朋友，这里并非西南地区的芝加哥。我也不知道该怎么形容这个地方。我想拿起笔，把自己的坎坷经历写成一本厚厚的书，但害怕会被人说是在编故事。"

"都是疟疾在作怪，很快就会有人来买你的小马。"

"已经有表达意向的买家了，小石城的普菲策尔肥皂厂报价每匹十美元。"

"把这么生机勃勃的马儿杀掉，用来做肥皂，实在太可惜了。"

"是有些可惜。我相信这笔交易成不了。"

"我还会回来取我的马鞍。"

"很好。"

我去了那个中国人的杂货铺，买了一个苹果，问雄鸡在不在。李说他还没起床。我从没见过早上十点还不起床的，除非是生病了，但他显然又没生病。

我掀开门帘进了里屋，惊扰了他。他非常重，在他的重压下，床铺的中间位置都快触到地面了，他看起来就像睡在吊床上一样。他和衣而睡，外面盖着被子。那只狸花猫斯特林·普赖斯蜷在床脚。雄鸡咳嗽了一声，在地上吐了一口痰，然后卷了一支烟，点上，又咳嗽了几声。他让我帮忙取一些咖啡。我拿起一个杯子，从火炉上的咖啡壶里倒了一些。他喝了起来，棕色的咖啡沾在他的胡子上，像露珠一般。男人的独居生活实在太邋遢，家就像狗窝一样。他见到我，似乎并不惊讶，我也就放松了下来，背靠着火炉，吃起了苹果。

我说："你的床上得再铺几块床板。"

"我知道。"他说，"问题是床上根本就没有床板。这是一种该死的中式吊床。真想把它给烧了。"

"这样睡觉对你的背不好。"

"你说得对。我这个年纪的男人，即便什么都没有，也得有张好床。外面的天气怎么样？"

"风很大。"我说，"东边的天开始阴了。"

"我猜就要下雪了。你看见昨天晚上的月亮了吗？"

"我觉得今天不会下雪。"

"你去哪儿了，小姑娘？我还等着你回来呢，一直也没等到。我还以为你回家了。"

"没有，我一直住在莫纳克寄宿公寓。我得了一种类似哮喘的病，卧床休息了几天。"

"现在好了吗？可别传染给将军和我。"

"好得差不多了。我卧床的时候,还想着你可能会打听我的下落,或者去看看我呢。"

"你怎么会有这种想法?"

"我也不知道为什么,可能是因为我在镇上也不认识其他人吧。"

"你以为我是传教士啊,净四处看望病人。"

"不,我没这么想。"

"传教士整天无所事事,我却有工作要做。联邦政府的法警可没那么多空闲,可以四处拜访。他们都忙着遵守山姆大叔[1]制定的各种规定呢。只有把帐算清楚了,山姆大叔这位绅士才会付钱。"

"是啊,我看这件事真把你忙坏了。"

"你面前的是个老实人,算账一直算到大半夜。这根本就不是人干的活,波特也不在了,不能帮我。姑娘啊,在这个国家,不上学根本没出路。事情就是这样。抱歉,先生,那个人没机会。他就算浑身是胆,也会被那些赢得拼字比赛的瘦小家伙比下去。"

我说:"报纸上说他们要绞死那个叫沃顿的人。"

"他们也只能做到这个份上了。"他说,"可惜不能多绞死几次。"

"什么时候行刑?"

"计划是一月份,但是古迪律师要去华盛顿,看能不能向海斯总

---

[1] 即美国政府。

统[1]申请减刑。那个男孩的母亲明妮·沃顿还有一些田产，古迪不榨干她不会善罢甘休的。"

"你觉得总统会放过他吗？"

"难说。总统对这件事能有什么了解呢？我跟你讲，他什么都不知道。古迪会称那个男孩受了刺激，还会往我头上扣各种屎盆子。我就应该让那个男孩的脑袋吃枪子儿，而不是把子弹打到锁骨上。我当时在想酬金的事，人有时候会被金钱迷惑了双眼，分不清对错。"

我从口袋里掏出叠好的钞票，拿给他看。

雄鸡说："天哪！瞧瞧！这是多少钱啊？如果是我的手拿着这些钱就好了。"

"你觉得我不会回来了，是不是？"

"哎呀，我也不知道。你这个人的心思不好猜。"

"你还玩这个游戏吗？"

"玩游戏？我天生就是玩这个的，小姑娘，希望能一直这样玩到死。"

"你还要准备多长时间才能出发？"

"出发去哪里？"

"去印第安人保留区，追捕汤姆·钱尼，就是在莫纳克寄宿公寓门口枪杀我父亲弗兰克·罗斯的那个人。"

---

1 即拉瑟福德·伯查德·海斯，美国第十九任总统，共和党籍。

"我已经忘了咱俩是怎么谈的了。"

"我答应付你五十美元,完成这项任务。"

"嗯,我记起来了。我当时是怎么说的来着?"

"你要价一百美元。"

"对啦,我想起来了。嗯,我的要价不变,还是一百美元。"

"可以。"

"把钱数好,放到那张桌子上。"

"我要先弄清一件事。今天下午,我们能出发去印第安人保留区吗?"

他从床上站起来。"慢,"他说,"不行。你不能去。"

"这也是交易的一部分。"我说。

"办不到。"

"为什么?你以为我傻啊,就这样给你一百美元,看着你骑马跑掉。不行的,我要亲眼看着你完成任务。"

"我是联邦政府法警,会依法办事。"

"这么说有道理,但是在我这儿行不通。R. B. 海斯还是总统呢,据说也是靠耍手段才在大选里打败蒂尔登[1]的。"

"你根本就没提过这个要求。我不能一边和内德·佩珀那一伙纠缠,一边照看一个小孩。"

---

1 即一八七六年民主党总统候选人塞缪尔·蒂尔登。

"我不是小孩。你不用担心我。"

"你碍手碍脚的,会拖我的后腿。如果你想把这件事利索地办了,就得让我按自己的路子去做,相信我的专业能力。你要是又生病了怎么办?我也帮不了你。你先是把我当成传教士,现在又把我当成拿着压舌板的医生,每隔几分钟就要检查一下你的舌头。"

"我不会拖你后腿的。我骑马骑得很好。"

"我这一趟可住不上寄宿公寓,没有温暖的床,也没有餐桌上的热饭菜。我要快马加鞭,会吃得很简单,如果能睡上一会儿,那也是露宿野外。"

"我晚上也露营过。去年夏天,爸爸带我和小弗兰克去小吉恩林场猎浣熊。"

"猎浣熊?"

"我们整晚都待在树林里。我们围坐在一大堆篝火旁,亚内尔给我们讲了鬼故事。我们都玩得很开心。"

"狗屁猎浣熊!根本就不是一回事,这跟猎浣熊差远了!"

"跟猎浣熊差不多。你只是想让你的工作听起来困难一些而已。"

"别提猎浣熊的事了。我的意思是,那个地方不适合小孩子去。"

"我去猎浣熊之前,别人也是这么说的。来史密斯堡之前也一样。可我不是照样来了吗?"

"在外面待上一个晚上,你就该哭爹喊娘了。"

我说:"我早就忘记如何哭闹和欢笑了。你赶紧做决定吧。我不想再废话了。你为这个活报了价,我接受了你的报价。钱就在这里。我只想抓到汤姆·钱尼,如果你不想玩,我就去找别人。从开始到现在,我就光听你放嘴炮了。我知道你能喝威士忌,也见过你杀死一只灰色的老鼠,除此之外,你就只会不停地唠叨。人们对我说,你英勇无畏,我这才来找你。我花钱不是来听你闲扯的,在莫纳克寄宿公寓里啥也别扯。"

"我真该扇你一耳光。"

"你窝在那个猪圈一样的地方,要怎样才能扇到我的耳光?要是我的住处这么脏,我肯定没脸见人。要是我身上像你一样酸臭,我肯定不会住在城里,我会搬去马格津山顶,那里只有兔子和火蜥蜴,不会让人感到恶心。"

他从床里蹦出来,撞翻了咖啡,吓得那只猫尖叫起来。他伸手要抓我,但是我动作敏捷,躲到了火炉后面。我从桌上抓起几张费用清单,用撬棍掀起炉盖,把单子举到炉火上方。"你要是觉得这些单子有用,最好往后退。"我说。

他说:"把那些单子放回桌上。"

我说:"除非你后退。"

他向后退了一两步。"还不够远。"我说,"退到床上。"

李透过门帘向屋里张望。雄鸡坐到床边。我把炉盖盖上,把那几张纸放回桌子上。

"回去看你的店吧。"雄鸡把怒气撒在李身上,"这里没事,我和小姑娘谈事情呢!"

我说:"好吧,你怎么说?我赶时间呢!"

他说:"在付完这些费用清单之前,我不能从镇上离开。要付清并且通过审批。"

我坐到桌前,在那些单子上忙了一个多小时。这件事情本身不难,就是理清那些账花了些时间。要把各个条目和数字填到规定的地方,但是雄鸡的字又大又潦草,盖住了边线,歪歪扭扭地错了行。结果,条目和钱数有时会对不上。

他所谓付款凭证,其实就是一些随手乱涂的字条,大多数都没写日期。大概就像这个样子:"塞西尔的补给,一美元二十五美分"和"雷德提供的重要信息,六十五美分"。

"哪位雷德?"我问道,"这种事情,他们不会付钱的。"

"是瑟赛提·雷德。"他说,"他以前在凯蒂手下切铁路枕木。把这一笔记上去。他们或许会给点钱。"

"什么时候?做了什么?有什么重要信息要付六十五美分?"

"一定是夏天。那个八月,他向我们透露了内德的行踪,之后我就再也没见过他。"

"你是因为这条消息才付钱给他的?"

"不是,那一次是施密特付的。我给他的好像是一些弹药。我经常拿弹药送人,也不是每一笔小账都能记清楚。"

"那我就记到八月十五日那一天了。"

"不能那样记。记到十月十七日那一天。这批账都是十月一日之后的。之前的他们都不会付了。我们要把旧收据上的日子往后调一调。"

"你说过,八月之后就没见过那个人。"

"那我们就把名字改成皮格·萨特菲尔德,日期就写十月十七日。皮格帮我处理过木材相关的案子,审批账务的人经常见到他的名字。"

"他受洗之后取了皮格[1]这个名字?"

"我从没听见别人叫他其他名字。"

我追问他大概的日期和一些事件经过,以便让报销申请有理有据。他对我的工作非常满意。他对着我填好的表格赞叹不已:"看看多整洁啊。波特这辈子都做不了这么好。我敢打赌,肯定能直接通过审批。"

我起草了一份简明协议,拟好了我们之间的交易约定,让他签了字。我给了他二十五美元,并告诉他,等我们出发时再给他二十五美元。余下的五十美元要等事成之后支付。

我说:"预付款足够支撑我们两人的开销。我希望你能准备好我们两人的食物和马的饲料。"

"你得自带铺盖。"他说。

---

[1] 皮格的英文为 Pig,也意为猪。

"我有几条毯子,还有一件油布雨衣。只要我能弄到一匹马,下午就能出发。"

"下午不行。"他说,"法院那边有事,我必须要去处理,脱不开身。我们可以明天拂晓出发。我要去切罗基部落见一个线人,得坐渡船。"

"晚些时候再见,我们再最后计划一下。"

我是在莫纳克寄宿公寓吃的饭。那个拉博夫没有出现,我满心希望他已离开,去了某个遥远的地方。我小憩了一会儿,又去了牲畜房,看了看围栏里的小马。除了颜色不同,它们看起来没什么差别。最终我选中了一匹前腿为白色的黑马。

它很好看。爸爸肯定不会选超过一条白腿的马。骑手中流传着一首愚蠢的诗,大意是说这样的马不吉利,四条腿全是白色的马尤甚。我忘了那首诗具体是怎么说的,但故事读到后面,你就知道这纯属无稽之谈。

我在办公室里找到了斯通西尔。他紧紧裹着一条披肩,挨在火炉旁坐着,手伸在炉前烤火。他明显是疟疾发作,开始打摆子了。我拖过一个箱子,坐到他身旁,也顺便取暖。

他说:"我刚听说,陶森路上,有个小女孩头朝下掉进一个五十英尺的深井里。我还以为是你呢。"

"不是我。"

"据说她淹死了。"

"这也不奇怪。"

"就像美丽的奥菲利娅[1]一样溺死了。当然奥菲利娅遭遇了双重悲剧。她伤透了心,失了神,无法自救。我很讶异,人们在这种反复的打击下,竟还能振作精神,继续生活。他们永远都不知道放弃。"

"她一定是傻了。小石城的肥皂商那边有消息吗?"

"没有。这件事还没着落。你为什么要问这个?"

"我要从你手里买一匹小马,那匹前腿为白色的黑马。我打算叫它'小黑'。我要你们下午就给它钉好马掌。"

"你出多少钱?"

"我按市价付给你。我记得你说那个肥皂商买一匹付给你十美元。"

"那是批发价。你应该记得我给你的价钱可是二十美元一匹,今早刚付的钱。"

"那是当时的市场价。"

"我明白了。请告诉我,你到底打不打算离开这里?"

"我准备明天一早出发去乔克托部落。雄鸡科格本警官和我要去追捕杀人犯钱尼。"

"科格本?"他说,"你是怎么找到那个脏兮兮的流浪汉的?"

"大家都说他英勇无畏。"我说,"我要找一个英勇的人。"

"嗯,他确实挺英勇的。但是他臭名昭著,鬼话连篇。我可不愿

---

[1] 莎士比亚著名悲剧《哈姆雷特》中的人物,是大臣波洛涅斯之女,哈姆雷特的恋人。但由于哈姆雷特与其父亲对立,导致她被恋人厌恶利用,同时遭到父兄的误解埋怨,最终盛装自溺于溪流中。

与这种人同行同寝。"

"我也不想。"

"据说他曾与匡特里尔和化名'血腥比尔'的安德森为伍。对他这样的人，我不会完全放心。我还听说他曾随一个团伙干过拦路抢劫的勾当，后来才搬到这里，开始在法院当差。"

"事成之后，我才会付钱给他。"我说，"我象征性地给他预付了一些费用，等我们抓到人，他才能拿到尾款。我给的赏金很高，有一百美元。"

"嗯，这笔赏金相当诱人。或许一切都可以顺利解决，如你所愿。我会为你祈祷，希望你能平安归来，希望你能够达成所愿。这一路应该会充满艰辛。"

"虔诚的基督徒面对困难时不会退缩。"

"但也不会鲁莽地自找麻烦。虔诚的基督徒不会任性狂妄。"

"你觉得我错了。"

"我觉得你太固执。"

"那就等着看结果吧。"

"好吧，恐怕只能如此。"

那匹马，斯通西尔收了我十八美元。黑人铁匠抓住了那匹马，给它套上缰绳，牵到马厩里，锉平了它的蹄子，钉上了马掌。我扫掉它身上的芒刺，把它的全身擦洗干净。它精神饱满、活泼欢悦，又不算特别亢奋，状态刚刚好。我给它打理身子时,它也很顺从,没有咬我,也没有踢我。

我给它装上了辔头,但提起爸爸的马鞍有些吃力,于是让铁匠帮忙装上。铁匠提议帮我先试试马。我说我觉得自己能应付。我小心翼翼地爬上马背。一时间,小黑一动不动地站在那里,然后在我毫无防备时突然跳了两下。他的前腿直挺挺地落到地上,我的"尾椎骨"和脖子都被震得生疼。如果我没有抓住马鞍一角和一撮鬃毛,就会被摔到地上。除此之外,我的手再无其他地方可以抓了,马镫的位置也太低了,我的脚根本够不到。铁匠哈哈大笑,但是我根本顾不上注意自己的体态和表情。我用力抚摸着小黑的脖子,对它轻言细语。它没有再跳,但也不肯向前动。

"你太轻了,骑在它背上弄得它不知该怎么办了。"铁匠说,"它以为背上是一些马蝇呢。"

铁匠牵住缰绳,拉着马嚼子领着它走了起来。铁匠带着小马在大马厩里走了几分钟,然后打开了一扇门,牵着它来到外面。我还怕日光和寒风会再惊到小黑,但是并没有。我就这样交上了一位"朋友"。

铁匠松开了缰绳,我骑着小马,在泥泞的街道上漫步。它还不太适应缰绳的控制,焦虑地顺着马嚼子晃动脑袋。我花了好一会儿工夫才让他转过身。我猜以前有人骑过它,但时间不长。它很快就适应了。我骑着它在镇子里跑了一阵,直到它微微冒汗才回去。

我回到马厩时,铁匠问道:"它的脾气也不算太糟吧?"

我应道:"是呀,它是一匹好马。"

我把马镫的位置尽量调高,铁匠则卸掉小黑身上的马鞍,把它牵进一间畜栏。我给它喂了一些玉米,但把量控制得很少,怕它会因为突然吃太多谷物而不舒服。斯通西尔基本只喂它吃干草。

天色渐晚,我匆匆赶往李的杂货铺,对自己的马无比满意,对明天的历险满怀期待。我的脖子被震得发酸,但是想到即将展开的行动,这也就成了微不足道的小事。

我没敲门,直接从后门进去,发现雄鸡和那个拉博夫一起坐在桌前。我都把拉博夫给忘了。

"你们在这里做什么?"我问道。

"嚯,嚯,"拉博夫开口道,"我正在和法警先生谈事。他也没去小石城啊。我们谈的是公事。"

雄鸡正在吃糖。他说:"小姑娘,坐下来吃块太妃糖吧。这个呆瓜自称拉博夫,说他是得克萨斯州骑警。他来这儿给我讲了一堆废话。"

我说:"我认识他。"

"他说他正在追踪我们要的那个人。他想加入我们。"

"我知道他想干什么,而且已经告诉他了,我们没兴趣让他帮忙。他背着我偷偷联系你。"

"怎么回事?"雄鸡说,"有什么麻烦吗?"

"麻烦都是他自找的。"我说,"他提了一个建议,我拒绝了。仅此而已。我们不需要他。"

"哦，他或许能帮上忙。"雄鸡说，"我们又不会有什么损失。他有一把大口径的夏普斯骑兵步枪，我们要是遇上水牛群或象群，他就能派上用场。他说他会用枪。要我说就让他一起去，路上可能会很凶险。"

"不，我们不需要他。"我说，"我已经跟他讲过。我有了自己的马，一切都准备就绪。你的事情都处理好了吗？"

雄鸡说："一切就绪，再备点吃的就行。我们的首席副警长想知道是谁填的那些表格。他说如果你想要一份工作的话，他愿意给你安排，还会付你不错的薪水。波特的老婆正在准备吃的。她做的饭不怎么样，但也凑合，而且她需要这些钱。"

拉博夫说："我肯定认错人了。你竟然被一个小姑娘呼来喝去，科格本？"

雄鸡转过身，右眼冷冷地瞪着这个得克萨斯人。"你说'呼来喝去'？"

"呼来喝去，"拉博夫说，"就是这个词。"

"也许你想来点真格的。"

"没人被呼来喝去。"我说，"我付钱给这位警官，请他帮我工作。"

"你付给他多少钱？"拉博夫问。

"与你无关。"

"他付给你多少钱，科格本？"

"足够多。"雄鸡说。

"有五百美元吗?"

"没有。"

"得克萨斯州州长给出的悬赏金就是这么多,奖励抓到切姆斯福德的人。"

"未必吧。"雄鸡说。他想了想,又开口说:"嗯,听起来不错,但我也试过向州政府和铁路部门要赏金,他们可真是谎话连篇。他们宣称的赏金数,你能拿到一半就可以烧高香了,有时甚至一分钱都拿不到。总之,听起来很古怪。一个杀死参议员的人,悬赏金才五百美元,真是少得离谱。"

"比布斯是个不知名的议员。"拉博夫说,"要不是怕面子上挂不住,他们根本就不会给悬赏金。"

"有什么条件?"雄鸡问。

"定罪后付款。"

雄鸡仔细想了想,说道:"我们可能不得不杀了他。"

"我们小心点就不会了。"

"即使我们没杀掉他,他们也有可能不给他定罪。"雄鸡说,"即使定了罪,到时也会冒出六七个当地的治安官要求分赏金。我还是跟小姑娘一伙吧。"

"我还没说最要紧的呢!"拉博夫说。

"比布斯的家人悬赏一千五百美元捉拿切姆斯福德。"

"现在还在悬赏？"雄鸡问道，"以同样的条件？"

"不一样了，他们提的条件是这样的：只需要把切姆斯福德交给得克萨斯州麦克伦南县的治安官。他们不在乎人的死活，只要验明正身，就会付钱。"

"我更喜欢这样的条件。"雄鸡说，"你打算怎么分赏金？"

拉博夫说："如果我们活捉了他，一千五百美元，你我平分，州政府的赏金归我。如果我们不得已杀了他，比布斯家的赏金分你三分之一，也就是五百美元。"

"你的意思是你要独吞州政府的赏金？"

"我在这件事上忙活了四个月，我觉得那笔钱应该归我。"

"那家人会付钱吗？"

拉博夫应道："老实说，比布斯一家手很紧。他们手里攥着钱，就像病人被恶疾缠身。不过，我猜他们会付钱的。他们已经发布了公告，还在报纸上登了声明。他们家有个儿子，外号胖子比布斯，他想竞选父亲在奥斯汀的席位，这样一来，他就不得不付钱了。"

他从灯芯绒外套里掏出悬赏公告和从报纸上剪下的声明。雄鸡仔细看了一会儿，然后说："小姑娘，给我讲讲，你为什么反对。你是不想让我额外赚点钱吗？"

我说："这个人想把钱尼带回得克萨斯州。我不想那样。我们也不是那样约定的。"

雄鸡说:"反正都是去抓他。你不就是希望逮到他,让他受到惩罚吗?这些我们都是要做的。"

"我要让他明白,他是因为杀死我的父亲而受到惩罚的。他在得克萨斯州杀了多少条狗和多少个胖男人都与我无关。"

"你可以让他知道。"雄鸡说,"你可以当面对他说。你可以朝他脸上吐口水,还可以在路上逼他吃土。你可以朝他脚上打一枪,我会帮你按住他。但是,我们得先抓到他。我们需要帮助。你在这件事上太固执了。你还小,但也该明白不是大小一切事情都能按你的意思来。别人的利益你也要考虑一下。"

"我花了钱,就要按我的意思来。要是不按我的意思来,我凭什么付钱给你?"

拉博夫说:"反正她也不去。我不懂为什么还要跟她废话,没有道理。我做事从来不会询问小孩的意见。小孩,快回家吧,你妈妈在等你呢。"

"你自己赶紧回家吧。"我说,"可没人请你过来,看看你,还带了那么大的马刺。"

"我答应过让她一起去。"雄鸡说,"我会照顾她的。"

"不行。"拉博夫说,"她会拖累我们的。"

雄鸡说:"你还真把自己当根葱了。"

拉博夫说:"她只会给我们找麻烦添乱。你和我都清楚。你缓一下,好好想想。她牙尖嘴利,迷惑了你。"

雄鸡说:"或许我应该自己去抓那个钱尼,然后拿走全部的赏金。"

拉博夫斟酌了一番,然后说:"你或许能把他交出去,但是我会想办法让你拿不到钱。"

"你打算怎么干,蠢货?"

"我会对你的赏金申请提出异议,我会把水搅浑。他们肯定不会任由你拿走赏金。等一切结束之后,他们可能会跟你握握手,感谢你一番,甚至连感谢都没有。"

"你要是那样做,我就杀了你。"雄鸡说,"对你有什么好处呢?"

"对你又有什么好处呢?"拉博夫说,"你也别以为单凭自己就能赢过一个自己根本不认识的人。"

"我赢你还是没问题的。"雄鸡说,"得克萨斯州来的人,我就没有赢不了的。拉博夫,你要是把我惹毛了,我就让你见识一下我的手段,到时让你生不如死。"

"把他打趴下,雄鸡。"我说。

拉博夫大笑起来,说:"她又对你呼来喝去了。听着,我已经吵够了,还是来谈正事吧。你千方百计为这位小姐考虑,比大多数人都周到,可她还是固执己见。赶紧把她送走吧。我们会抓到她要的那个人。你们的约定就是这个。万一她遭遇意外怎么办?你想过吗?她的家人会责怪你，说不定你还要为此担上罪责。你怎么不为自己想想？你以为她会为你考虑吗？她在利用你。你一定不能让步。"

雄鸡说："我也不想看到她出意外。"

"你满脑子只想着那些赏金。"我说，"都是些没影的事。拉博夫只会开空头支票，而我实实在在地给你付了现金。你要是信了他的话，那我看你也不怎么聪明嘛。你看他那一脸奸笑，他肯定是在骗你。"

雄鸡说："我也得为自己考虑一下，小姑娘。"

我说："好啊，你打算怎么办？你不能同时占两头。"

"我们会抓到你要的那个人。"他说，"这才是关键。"

"把那二十五美元还给我。"

"我已经花光了。"

"你真是个一无是处的废物！"

"我会想办法还给你的。给你寄过去。"

"你还真会编瞎话！你想这样就骗到我，可想得美！你还没见过玛蒂·罗斯发飙，可别把我惹急了！"

我气疯了，口不择言，什么话都说了出来。那只名叫斯特林·普赖斯的猫感觉到我的怒气，收起耳朵，惊慌地从我身前跑开，躲得远远的。

我肯定哭了，但那天夜里很冷，等我回到莫纳克寄宿公寓时，怒气已经平息，我已经可以清醒地思考并制订计划。没有时间另找一位警探了。达格特律师很快就会来找我，最迟不过明天。我想过向警长投诉,不过,事后再去投诉也不迟。我要让达格特律师将雄鸡科格本扒皮抽筋,把他恶毒的皮钉到墙上。现在重要的是不能忘记目标,要抓住汤姆·钱尼。

我吃过晚饭,然后开始收拾自己的东西。我让弗洛伊德夫人准备了一些培根和松饼,做成小三明治。其实也不怎么小,因为她做的松饼一张有我妈妈做的两张大。她没有加发酵粉,因此松饼很薄。我还从她那里买了一块奶酪和一些桃脯,然后把这些东西都放进一个袋子里。

弗洛伊德夫人满心好奇,我告诉她,我要和一些法警去印第安人保留区,看他们抓到的一个犯人。她的好奇心显然没有得到满足,但是我搪塞说自己也不了解详情。我对她说可能要离开几天,要是我的母亲或达格特律师来寻我(肯定会来的),请她帮我报个平安。

我把几条毯子卷了起来,将那一袋食物包在毯子里面,然后在外面裹上那件雨衣,最后用几条绳子捆紧。我把爸爸的厚外套罩在自己的外套外面。我不得不把袖口挽起来。我的小帽子没有爸爸的那顶厚,也没那么暖和,我就换来戴上。当然,那顶帽子太大,我就折了几张《新时代》的报纸,塞进帽箍里,把大小调整合适。我背起铺盖卷和枪带,出发去了牲畜房。

我到的时候,斯通西尔恰好要出门。他暗自哼着赞美诗《比乌拉之地》,嗓音低沉。这是我最喜欢的歌曲之一。他看见我,便停了下来。

"又是你。"他说,"是来抱怨小马出问题了吗?"

"不是，这匹马我很满意。"我说，"小黑已经是我的好朋友了。"

"顾客满意是最让我开心的。"

"你的气色比我们上次见面时好多了。"

"是的，我感觉好了一些，差不多恢复正常了。这周应该就能痊愈。你要离开我们了吗？"

"我明天一早出发，想在你的马厩里借宿一晚。我只睡几小时就行，要为此给弗洛伊德夫人付整晚的房费，我觉得没必要。"

"确实没必要。"

他带我走进马厩，跟守夜人说可以让我在办公室的床铺上睡一晚。守夜的是个老人，他帮我把床铺上满是灰尘的被子抖开。我顺便查看了一下畜栏里的小黑，确保一切准备就绪。守夜人一直跟在我身后。

我问他："是你把他的牙齿打掉了吗？"

"不是，那是蒂姆干的。我的牙是牙医拔掉的。那人自称是个牙医。"

"你叫什么名字？"

"托比。"

"我想请你做点事。"

"你想做什么？"

"我不想过多讨论。这里是十美分，给你的。我要你在日出前两小时喂一下这匹小马。给它一捧燕麦，还有差不多量的玉米，不要太多，再加一点干草。保证它有足够的水喝。日出前一小时，叫醒我。

做完这些之后,给小马装上这套马鞍和辔头。你听明白了吗?"

"我只是上了年纪,又不傻。我已经养了五十年的马。"

"那你肯定能做好。你今晚还有事要进办公室吗?"

"应该没有。"

"如果还有事,现在就赶紧去做了。"

"没有需要进办公室做的事了。"

"那好。我要关上门。我入睡时不喜欢有人走来走去。"

我裹着被子,睡得很好。办公室里的火炉已经被封上了,但是小小的房间也不算太冷,没有特别不舒服的感觉。守夜人托比是个守信的人,他在破晓前寒冷的黑暗中叫醒了我。我立刻起床,穿上了靴子。托比装马鞍时,我往一桶冷水里倒了一些用来煮咖啡的热水,让水没那么刺骨,用来洗漱。

我忽然想到,不该把培根三明治都包起来,应该留一块在外面当早餐吃,不过人也不可能面面俱到。我不想打开铺盖卷,托比便分给我一些他热好的葛子粥。

"你有黄油吗?我想放一些在上面。"我问他。

"没有。"他应道。我只能这样直接吃。我学着爸爸之前的样子,把铺盖卷绑在马鞍后面,又确认了一下绑得是否牢固。

我不知道把枪放在哪里合适。我希望自己随时能够把枪拔出来,但是把枪带绑在我的腰间又太长,而且这把枪太大、太重,我没法别在牛仔裤的裤腰上。最后，我把枪带绑在鞍角，结结实实地打了一个火鸡蛋么大的绳结。

我牵着小黑，从畜栏走了出来，跃身上马。它有些紧张不安，但并没有蹦跳。我上马之后，托比又紧了紧肚带。

他说："你的东西都拿齐了吗？"

"是的，我都准备好了。开门，托比，祝我好运吧。我要出发去乔克托部落了。"

外面仍然一片漆黑，天气严寒，所幸没有风。为什么清晨如此宁静？你会发现黎明前的湖泊总是水平如镜。街上车辙里的泥都被冻上了，小黑踩着新上的马掌，在这条路上走得深一脚浅一脚。它喷着鼻息，不时甩一下头，好似要看我一眼。我对它说着话，都是些胡言乱语。

我骑马走过卫戍大街，只见到四五个人，个个都匆匆忙忙，从一处温暖的地方赶去下一个地方。我透过一扇扇窗户，能看到油灯次第亮起，史密斯堡善良的人们陆续醒来，迎接新的一天。

我来到轮渡引道之后，下了马，在那里等待着。天气太冷，我只能蹦跳着才不会被冻僵。我取出帽箍里垫的纸，把帽子向下拉，盖住了耳朵。我没有手套，于是拉下爸爸外套的衣袖，遮住了双手。

开渡船的是两个男人。船来到我这一侧，放下一个骑马的人，这时一个船夫向我招手示意。

"你要过河吗？"他问。

"我在等人。"我说,"船费是多少?"

"一人一马,十美分。"

"今天早上你见过科格本警官吗?"

"你是说雄鸡科格本吗?"

"就是他。"

"我们没见过他。"

当时乘客很少,但是只要有一两个人,渡船就会出发。开船的时间似乎也不固定,只看有没有生意,只是过河的时间不算长。天空泛起鱼肚白,我看到河里有大块的冰随水流浮动。

船至少又走了两个来回,雄鸡和拉博夫才骑着马出现,下坡来到引道。我当时已经开始怀疑自己与他们错过了。雄鸡骑着一匹高大的公马,马站着有十六手[1]高。拉博夫则骑着一匹毛发蓬乱的牧牛小马,没比我的大多少。

两人全副武装,远远看上去也算一幅奇景。他们都在外套外面背着长枪,拉博夫带着白柄手枪,鞋上挂着墨西哥马刺,好不壮观。雄鸡在黑色上衣外面又穿了一件鹿皮夹克。他的枪带上只挂着一把模样普通的左轮手枪,枪柄由雪松之类的红木做成。在枪带的另一侧,也就是右侧,挂着一把匕首。他的枪带就是一条普通且狭窄的带子,上面也没有

---

[1] 一手之宽为测量马高度的单位,等于4英寸,约合10.16厘米。

弹药袋,不像拉博夫那条那样花哨。他的弹药都装在一个袋子里,放在口袋里。不过他还有两把左轮手枪,插在大腿两旁的鞍鞘里,和我的那把差不多大。两位警官还带着马鞍枪,雄鸡的是温彻斯特连发步枪,拉博夫的是夏普斯步枪,我以前从未见过。我心里想:钱尼,等死吧!

他们下了马,各自牵着坐骑咔嗒咔嗒地上了渡船,我在他们身后不远处跟着。我什么都没说,没有刻意躲藏,但也没做什么引人注意的事情。过了一会儿,雄鸡认出了我。

"果然,我们有伴了。"他说。

拉博夫非常生气,冲我叫道:"你听不懂人话吗?赶紧滚下船。你难道还想跟我们一起去吗?"

我应道:"这艘渡船向公众开放。我已经付了船费。"

拉博夫伸手从口袋里拿出一枚一美元的金币。他递给一个船夫说:"伙计,带这个女孩去镇上,交给治安官。她离家出逃,家里人都担心死了。送她回家的人可以拿到五十美元的酬劳。"

"他在扯谎。"我说。

"我们问问这位警官。"拉博夫说,"你说呢,警官?"

雄鸡说:"是的,你最好带她离开。她确实是离家出逃的。她叫罗斯,是从耶尔县来的。治安官已经贴出了寻人启事。"

"他们都在扯谎。"我说,"我要去对岸办事,伙计,你要是拦着我,我们恐怕就得法庭见了。我的律师很棒,你肯定要吃不了兜着走。"

但是这个高大的烦人船夫根本不顾我的反对，把我的小马牵回引道上，扔下我把船开走了。我说："我不要徒步走上山坡。"我跨到小黑的背上，那个船夫拉着我们向小山上走去。来到山顶时，我说："等等，等我一会儿。"他问："怎么了？"我说："我的帽子有点问题。"他停了下来，转过身问："你的帽子？"我摘下帽子，扇了他两三个嘴巴，迫使他松开缰绳。我夺回缰绳，控制着小黑全速冲向河岸。我没有马刺，也没有马鞭，但是用帽子代替，拍打小黑的侧腹部，效果也很不错。

在渡口引道下游五十码[1]左右的地方，河道较窄，我瞅准那个位置，像烈焰一般冲过一片沙堤。我担心小黑怕水，不想给它思考的机会，于是一路上不停地用帽子拍打它。我们冲进河水里，小黑打着响鼻，弓着背在冰冷的河水中前行，不过适应了之后，就变得游刃有余，好似天生会游泳一般。我把双腿抬起，紧紧扣住鞍角，放松了小黑头上的缰绳。我的全身几乎都湿透了。

我选择的过河位置非常糟糕，因为在河道最窄的地方，水也最深，水流也最为湍急，而且河岸最陡峭。我当时完全没有想到这些，最短的距离似乎就是最好的。正如我所说，河岸太陡，小黑爬上去有些吃力，我们只能从河流下游不远的地方上岸。

我们上了岸，能自由活动了，我收起缰绳，小黑用力甩掉了身上

1　1码约合 0.9144 米。

的水。雄鸡、拉博夫和船夫都在船上看着我。我们在他们之前过了河，就站在原地等待。他们下船之后，拉博夫冲我喊道："我说过让你回去！"我没有答话。他和雄鸡商量了一番。

他们想要的花招很快就露馅了，两人飞身上马，疾驰而去，想甩掉我。多么愚蠢的计划啊！他们的马载着成年男人和各种装备，竟想和轻装简行的小黑比拼速度！

我们沿着吉布森堡路向西北方向行进，这也就勉强算一条路吧。我们已经进入切罗基部落党的领地，小黑的步子太重，跑起来颠得厉害，我便开始控制，忽快忽慢，让它逐渐调整好步调，变得稳健轻快。它是一匹精神饱满的优等马，能看出来，它很喜欢这段旅程。

我们骑马朝原来的方向又跑了两英里左右，小黑和我一直跟在两位警官后面，保持着一百码上下的距离。雄鸡和拉博夫最终意识到甩不掉我，便放缓了马速，漫步徐行，我也跟着慢了下来。这样走了一英里左右，他们停下来，下了马。我也跟着停下来，保持着距离，但还骑在马上。

拉博夫喊道："过来！我们和你谈谈！"

"你在那边说就行！"我应道，"你要说什么？"

两位警官又商量起来。

然后拉博夫又冲我喊道："你要是还不回去，我就用鞭子抽你！"

我没理他。

拉博夫捡起一块石头，朝我扔过来，但力道不够，落在离我五十码的地方。

我说："这真是我见过的最蠢的事了！"

拉博夫说："你是真想挨鞭子吗？"

我说："你谁都别想抽！"

他们又悄悄聊了几句，但似乎没有谈拢，过了一会儿，他们又骑马上路，这回走得很悠闲。

路上没多少行人。我们遇见一两个印度人，有的骑着马，有的骑着骡子；中间还遇见一家人坐着轻便的弹簧马车经过。说实话，我还是有些害怕他们。尽管他们可能并不像你们想象中的科曼切部落的原始人那样，满脸涂着油彩，衣着古怪，也算是来自密西西比和亚拉巴马的克里克部落、切罗基部落和乔克托部落相对文明的人，但他们也蓄奴，为南部邦联战斗过，穿的也是正经服装。他们不仅没有面色阴沉，一副苦大仇深的样子，还冲我点头致意，我猜他们属于开朗的一批印第安人。

雄鸡和拉博夫偶尔会翻过一段山坡，或绕过一片树木，从我的视野中消失，但时间都不长。我一点都不担心，他们甩不掉我。

现在，我要讲一下地形。有些人认为俄克拉何马州是荒芜的平原，但是他们错了。我们穿越的是该州东部地区，这里属于丘陵地貌，树木也比较茂盛，到处都是星毛栎、马列兰栎树，以及类似的硬灌木。再往南一些，还能看到不少松树，但是这个季节，只有雪松，孤零零的几棵冬青和山脚的一些大柏树点缀出的零星绿意。不过，这里有开阔的场地、小草地和大草原，从那些小山的山顶可以看到很远的景色。

随后，出现了这样一个情况。我心不在焉地骑着马，没有保持警惕，爬上一段山坡，立即发现路上没了人。我用脚跟踢了踢劲头十足的小黑。两位警官肯定没有走远。我知道他们肯定在耍花招。

山脚下有一片树林和一条浅浅的小溪。我觉得他们肯定跑到了前面，就根本没想过要在这里找他们。就在小黑蹚水过小溪时，雄鸡和拉博夫骑着马从树丛中冒了出来，恰好挡住了我的去路。小黑一惊，马蹄扬起，差点把我甩下去。

眨眼的工夫，拉博夫已经下了马，来到了我身前。他把我从马鞍上拉了下来，脸朝下，摔在地上。

他把我的一条胳膊别到背后，用膝盖压住我的后背。我又踢又踹，拼命挣扎，但是这个得克萨斯人块头太大，我根本挣不脱。

"我现在倒要看看你还能闹出什么花样。"他说。他折下一根柳条，又要把我的裤腿拉到靴子上方。我疯狂地踢他，不让他撸我的裤腿。雄鸡仍然骑在马上，卷了一支烟，看着我们。我越是踢拉博夫，他的膝盖就越用力，很快我就知道挣脱不了，于是放弃了抵抗。拉博夫用柳条狠狠地抽了我几下，一边叫道："我要把你的腿打开花。"

"这样对你有什么好处啊！"我不禁哭了起来，不是因为疼，而是因为愤怒和羞耻。我对雄鸡说："你就眼睁睁地看着他这样对我？"

他把烟扔到地上,开口说:"我不会的。收起柳条,拉博夫。她已经胜过我们了。"

"她才没胜过我们。"这位骑警应道。

雄鸡说:"我说,你停手。"

拉博夫没有理会他。雄鸡就提高了嗓门:"收起柳条,拉博夫!你没听见我在和你说话吗?"

拉博夫停手看向他,然后说道:"我才开始动手,还没打完呢!"

雄鸡抽出他那把雪松柄的左轮手枪,用拇指拉下撞锤,瞄准了拉博夫。他说:"得克萨斯蠢货,你犯了个天大的错误。"

拉博夫悻悻地扔掉柳条,站起身说:"你一直护着她,科格本。这样对她没有任何好处。你觉得自己做得对吗?我告诉你,你错了。"

雄鸡说:"够啦。上马。"

我拍掉身上的土,在冰冷的溪水里洗了手和脸。小黑喝了一些溪水。我说:"听着,我想到一个主意。你们耍的花招给了我灵感。等我们锁定了钱尼的位置,就可以趁他不备,从树丛里跑出来,用棍子敲他的脑袋,把他敲晕。然后,我们就可以用绳子绑住他的四肢,把他活捉回去。你们觉得怎么样?"

雄鸡正在气头上,只是催促了一句:"赶紧上马。"

我们继续赶路,各人都心事重重,沉默不语。我们三人骑马并行,进入印第安人保留区腹地,而我对那里一无所知。

六

  饭点已过,我们还在继续赶路。我又饿又疼,但依然没有吭声,因为我知道他们正等着我抱怨或说些什么,好借机笑话我这个"新手"。我下定决心,不给他们机会嘲笑我。雨夹着大片的雪花落了下来,很快又变成了绵绵细雨。接着雨停了,太阳又出来了。我们左转离开吉布森堡路,然后南下向阿肯色河的方向行进。我说"南下",其实如今"南"不一定在"下","北"也不一定在"上"。我见过前往加利福尼亚的移民手中的地图,上面是西,而下面是东。

  我们的落脚点在河岸的一家小店里。店后面有一艘小渡船。

  我们下了马,把马拴好。我的双腿刺痛,有点发软,走路时有些蹒跚。骑马长途旅行是最累人的。

  小店的门廊前拴着一头黑色的骡子,它下巴下方的脖子处绑着一条棉绳。在太阳的照射下,湿棉绳慢慢收紧,勒得骡子气喘吁吁的,几乎要窒息了。骡子越是挣扎,绳子勒得就越紧。两个缺德的孩子坐在门廊边上,嘲笑这头受罪的骡子。两个孩子都十七岁左右,一个是白人,另一个是印第安人。

雄鸡用匕首割断了绳子,骡子终于能够自由呼吸,心怀感激,在旁边踱着步子,晃动着脑袋。门廊前有一棵柏树树桩作为台阶。雄鸡先上了树桩,然后走向两个男孩,亮出靴底,把他们踹进烂泥里。"你们觉得这很好玩,是吧?"他说。那两个孩子惊呆了。

店主是个名叫巴格比的男人,他的妻子是印第安人。他们已经吃过晚饭,但是女主人还是给我们热了一些晚饭剩下的鲇鱼。拉博夫和我坐在靠近火炉的一张桌子前,吃起了饭,雄鸡则去了店后面,和巴格比谈起事来。

印第安人老板娘英语说得很好,我还惊讶地发现,她也是一名长老会教徒。她的英语是一位传教士教的。我们当年的传教士多好啊!他们真正践行了"出去到路上和篱笆那里"[1]传教。巴格比夫人不是金巴仑长老会成员,而是美利坚或美南长老会的成员。我现在也是美南长老会成员,但也不会说金巴仑长老会的人不好。他们脱离长老会,是因为他们认为传教士不需要接受太多的正规教育。这也无伤大

---

[1] 出自《圣经·路加福音》14:23。

雅，但是他们不太支持大选，这就有些不理智了。我觉得这条教义很刻板，与公平竞争的普世价值相悖，可是，我也没别的办法。读读《哥林多前书》6:13 和《提摩太后书》1:9、1:10，再读读《彼得前书》1:2、1:19、1:20 和《罗马书》11:7，你就能明白了。如果基督的信徒保罗和西拉觉得可以，那我也没问题，你也不应该有问题。

雄鸡谈完了事，回来和我一起吃饭。巴格比夫人包起几块姜饼，让我随身带上。我们回到门廊，雄鸡又把那两个男孩踢到烂泥里。

他问道："弗吉尔去哪儿了？"

那个白人男孩应道："他和西蒙斯先生到山下寻找走失的家畜了。"

"谁在开渡船？"

"我和约翰尼。"

"你们俩看起来都不太像能开船的样子。"

"我们知道怎么开。"

"那我们去试试。"

"西蒙斯先生回来之后会问谁割断了拴骡子的绳子。"那个男孩说。

"告诉他是密苏里州克莱县的银行大盗詹姆斯先生割断的。"雄鸡说，"你能记住这个名字吗？"

"能，先生。"

我们牵着马来到水边。停在那里的也说不上是艘船还是个筏子，破破烂烂的，浸在水里。我们要把马赶上船，可是马嘶叫着，畏缩不前。拉博夫不得已,蒙上那匹皮毛蓬乱的小马的眼睛。船刚好能装下我们。

出发之前,那个白人男孩说:"你是詹姆斯?"

"正是。"雄鸡说。

"据说詹姆斯兄弟身材瘦小。"

"有一个长胖了。"雄鸡说。

"我不信你是大盗杰西·詹姆斯或弗兰克·詹姆斯。"

"骡子跑不远。"雄鸡说,"小子,你最好改邪归正,要不等哪天月黑风高,我就回来砍掉你的脑袋,让乌鸦啄掉你的眼珠子。现在你跟这位'西门斯将军'[1]赶紧带我过河,动作给我利索点。"

水面起了雾,船驶出河岸,雾气就像幽灵一般笼罩着我们,没过腰间。虽然两个男孩顽劣又愚钝,但是驾船却相当有一手。水面横着一条粗重的绳索,两头分别被牢牢地绑在河两岸的树上,他们拉着绳子,牵引着一船人前行。我们顺着水流,摇摇晃晃地来到对岸,脚全湿了。下了船,我总算熬了过来。

我们在河的南岸选了一条羊肠小道。路两侧的灌木在我们头顶弯曲成拱形,将我们包围,枝叶拍打并刺痛了我们的身子。我骑马走在最后面,被灌木伤得应该也最重。

---

[1] 美国南北战争时期南部邦联的海军上将,此处是调侃划船的印第安小男孩。

雄鸡从巴格比那里了解到的消息是这样的：三天前，有人在密苏里—堪萨斯—得克萨斯铁路沿线的麦卡莱斯特的商店里见过幸运星内德·佩珀。没人知道他为何出现在那里。他不时去那里找一个风骚女人。据称，一个名叫阿泽的劫匪和一个墨西哥人与他勾结。那个人知道的信息就这么多了。

雄鸡说，最好趁这个盗贼团伙逃离麦卡莱斯特之前抓住他们，不能让他们逃到旋梯山上的老窝，那里易守难攻。

拉博夫说："这里到麦卡莱斯特多远？"

"足足六十英里。"雄鸡说，"我们今天再走十五英里，明天一早就继续赶路。"

想到当天还要再骑马赶十五英里的路，我哀叹了一声，露出一脸苦相。雄鸡转过头，瞥见了我的表情。"你觉得这次猎浣熊的旅程怎样啊？"他问道。

"别老盯着我看。"我说，"我又不会跑丢。"

拉博夫又说："可是切姆斯福德没有和内德在一起？"

雄鸡说："在麦卡莱斯特没人见过他，不过劫持邮车肯定有他的份。我想他应该就在附近。这家伙肯定不了解内德的分赃习惯，才会跑这么老远。"

那天晚上，我们在山顶选了一块不那么潮湿的地方露营。天色已经很黑了，云层又低又厚，月亮和星星都不见踪影。雄鸡给了我一个帆布桶，让我去约两百码外的山脚打水，我便随身带上枪出发了。我没有灯笼，提第一桶水时，没走多远就被绊了一下，摔倒了，只能原路返回，再提一桶。拉博夫卸下了马鞍，拿出马粮，喂了马。在取完第二桶水返回山顶的路上，我停下来歇了三回。我浑身僵硬，又累又酸。我一只手拿着枪，但重量不够，没法平衡沉重的水桶，走路时，身子一直向水桶那一侧歪。

雄鸡蹲在那里生火，看到我的样子，说："你怎么跟一头在滑冰的猪一样手忙脚乱的。"

我说："我再也不去了，水还不够的话，你自己去取吧。"

"要吃我准备的晚餐，就都得干活。"

"反正这些水喝起来有一股铁锈味。"

拉博夫正在擦洗他那匹小马。他说："我们一路上很容易就找到了泉水，你应该庆幸才是。在我们那里，有时骑马跑上一天也找不到一丁点水。我喝过蹄印里的脏水，还高兴得不行。你们根本体会不到渴得要死是多么难受。"

雄鸡说："要是哪天能遇上一个没从马蹄印里喝过水的得克萨斯州牛仔，我一定要上去跟他握手，递上一支丹尼尔·韦伯斯特雪茄。"

"这么说，你不信啦？"拉博夫质问道。

"头几次听说时，我还是信的。"

"或许他真喝过马蹄印里的水呢。"我说，"他是一名得克萨斯州骑警。"

"是吗?"雄鸡说,"那好吧,我信了。"

拉博夫说:"你的无知又开始展露无遗了,科格本。你开我的玩笑不打紧,但是我不允许像你这样的人说骑警的坏话。"

"骑警!"雄鸡的语气里透着蔑视,"你去跟约翰·卫斯理·哈丁[1]说说骑警的事吧,别跟我和小姑娘唠叨这些。"

"总之,我们清楚自身的职责,比你们这些法警可强多了。"

雄鸡说:"你们那边是从什么时候开始骑绵羊的?"

拉博夫正刷着长毛小马,听到雄鸡的话,停下手说:"你那匹大块头的美国公马累散架时,我这匹马还能继续奔跑。你不能只看外貌,最难看的小马往往是最能跑的。你猜这匹马花了我多少钱?"

雄鸡说:"听你这口气,怎么也得一千美元吧。"

"你爱说话带刺随便你,这匹马可花了我一百一十美元。"拉博夫说,"要是按这个价钱,我是不会卖的。如果不能拥有一匹价值一百美元的马,就很难加入骑警队。"

雄鸡开始准备我们的晚餐,他带来的"食物"包括一袋盐、一袋红辣椒、一袋太妃糖——所有这些都装在夹克口袋里,还有一些磨好的咖啡豆、一扇腌猪肉和一百七十个玉米烤饼。这些东西做得真是不

---

[1] 得克萨斯州出生的不法之徒,曾杀害多人,入狱后写自传,经常夸大自己的事迹。

敢恭维。所谓"玉米烤饼",其实是球状的,要我说就是烫面玉米面包。雄鸡说,准备这些食物的妇人以为是给一马车法警吃的呢。

他说:"不过也好,等到它们硬得啃不动了,我们就捣碎了煮粥,剩下的还可以给牲口吃。"

他用罐子煮了些咖啡,煎了一些猪肉,然后又拿出几块玉米烤饼,切成片,在油脂里煎了煎。香煎玉米饼!我从未见过这种做法。他和拉博夫狼吞虎咽地吃下一磅左右的猪肉和十几个玉米烤饼。我吃了一些自己带来的培根三明治和一块姜饼,又喝了一些带铁锈味的水。我们的火堆烧得很旺,湿木头噼啪作响,不停地迸出火花,在阴沉的夜里,令人愉悦又鼓舞。

拉博夫说他不习惯烧得这么旺的火堆,在他们得克萨斯州,通常都是用小树枝或野牛粪干生火,热一热豆子。他问雄鸡,在处处潜藏着危险的野外,生这么一大堆火暴露我们的位置是否明智。他说,骑警不会在同一个地方睡觉和煮饭。雄鸡什么都没说,又往火堆里扔了一些树枝。

我说:"你们想听《午夜来客》的故事吗?你们得有个人扮演'来客'。我会告诉你们该说什么。剩下的角色由我来演。"

但是,他们对鬼故事没有兴趣,于是我就把雨衣铺在地上,尽量靠近火堆,然后用毯子铺成床。我骑马的时间太长,双脚都肿了,费了很大力气才脱下了靴子。雄鸡和拉博夫喝了一些威士忌,可是他们喝过酒之后，气氛也没有缓和，两人都坐在那里一言不发。很快，他们便去铺床了。

雄鸡有一条很好的野牛皮长袍，铺在地上防潮，看起来又暖和又舒服，令我好生羡慕。他从马鞍里拿出一条马鬃套索，围着他的床铺绕了一圈。

拉博夫看着他，咧开嘴笑了起来，说：“你这样可真够蠢的。这个季节，所有的蛇都冬眠了。”

"有时也有半路醒来的。"雄鸡说。

我说："给我也来一条吧。我可不喜欢蛇。"

"蛇不会找你麻烦的。"雄鸡说，"你又小又瘦。"

他向火堆里扔了一块橡木，用木炭和木灰围住火堆，以供夜里取暖。两位警官都打呼噜，其中一个还有吐口水的声音，非常恶心。我虽然累得精疲力竭，但还是睡不着。虽然足够暖和，可身子下面是树根和石头，我只能辗转反侧，努力躺得舒服些。我浑身酸痛，翻身很是痛苦，最后怎么调整都不舒服，不得已只能放弃。我做了祷告，但是并没有提到我的不适，知道自己要为自己选择的路负责。

我醒来时发现双眼上覆盖着雪花。大片的雪花透过树枝落下，地上白茫茫的一片。天还没怎么亮，雄鸡已经起床了，正在煮咖啡、煎猪肉。拉博夫在照料马匹，给它们装上了马鞍。我想吃点热的，就没要饼干，而是吃了一些腌肉和烤面包，也给两位警官分了一些奶酪。

我的手上和脸上满是烟味。

雄鸡催促我们赶紧收拾东西上路。这场雪让他有些担心。"如果一直这样下，我们今晚只能找个地方避一避了。"拉博夫已经喂了马，但我还是拿出一块玉米烤饼，看小黑要不要吃。它很喜欢，我便又给了它一块。雄鸡说，马非常喜欢饼里面的盐，说着还让我把雨衣穿上。

日出时分，只一道惨淡的微黄光晕透过乌云射出，尽管如此，我们依然上马启程。雪越下越大，越积越厚，鹅毛般的雪花纷纷飘落到我们脸上，与星星点点撒落的雨滴完全不同。短短四小时后，地上便积了六七英寸[1]厚的雪。

在开阔的地方，小路的踪迹已很难辨认，我们迫不得已，只能时常停下，让雄鸡辨别方向。辨别方向很难，因为地上无迹可寻，远处也看不到地标，只有偶尔显现的零星脚印赫然映入眼帘。他的小望远镜也派不上用场。一路上都看不到人影和房屋。我们的行进速度很慢。

我们倒不太担心迷路，因为雄鸡有一块指南针，只要一直向西南方向行进，我们迟早会到达得克萨斯路和密苏里—堪萨斯—得克萨斯铁路线。但是无法准确辨路总有些不方便，而且在雪地里，马可能会踩到洞里受伤。

将近中午，我们来到一座山前，在山阴的一条小溪旁停下来饮

---

[1] 1英寸约合2.54厘米。

马，总算能稍微避一避风雪。感觉这一片是圣胡安山脉。我把剩下的奶酪分给大家，雄鸡也拿出太妃糖给我们吃，权当晚饭。我们抻着胳膊和腿，听到小溪下游传来拍水的声音，拉博夫便钻进树林去一探究竟。他发现一群在树上栖息的火鸡，便用夏普斯步枪打了一只。这只鸟约七磅重，被打得面目全非。拉博夫取出火鸡的内脏，切掉鸡头，绑到他的马鞍上。

雄鸡表示，我们在天黑前赶不到麦卡莱斯特了，最好的选择就是一路向西，找到离得克萨斯路不远处的一个"防空洞"。那"防空洞"是某个牧场场主修的，此时没人居住，我们可以在那里避一夜。明天，我们可以取道得克萨斯路向南走，这条路已经被牛群和运货的马车压平压实，马不容易被伤到。

休息过后，我们排成一列出发，雄鸡骑着高头大马走在前面开路。小黑已经不需要我控制行进的步子了，我便把缰绳缠到鞍角上，把冰凉的双手揣进自己那一层又一层衣服的袖子里。我们还惊动了路上的一群小鹿，它们当时正在啃嫩树的树皮，拉博夫急忙想拿起他的步枪，但没等他准备好，鹿群便跑开了。

雪渐渐停了，但我们依然只能缓慢前行。等我们来到"防空洞"时，天已经黑透了，只有月亮在云间时隐时现，撒下一点亮光。

"防空洞"在一个V形山谷最窄的一端。我从来没见过这种住处。"防空洞"很小，长二十英尺，宽十英尺，有一半陷在土堤里，就像个洞穴。露出来的一半是用木杆搭起来的，外面包着一层带泥的草皮，屋顶也是草皮做的，中间有根支撑梁。屋旁有个灌木搭的简易牲口棚和洞穴。木材以硬木为主，但很充足，完全可以建一座木屋。我猜这个屋子建得匆忙，当时也没有称手的工具。屋子的后半部分用树枝和泥巴竖着一个歪歪斜斜的烟囱。这让我想起岩燕或雨燕之类的水鸟建造的东西，只不过这些长着羽毛的小泥瓦匠建造得更精巧一些，即便没有水平仪的帮助。

我们惊讶地发现，烟囱里正冒着烟火，门缝里还闪烁着灯光。那扇门低矮粗糙，用皮质铰链固定在门框上，小屋里也没有窗户。

我在几棵雪松下停住，雄鸡下了马，让我们原地等待。他端着温彻斯特连发步枪向门口走去。此时，雪上结了一层冰，他的靴子踩在冰上，弄出了很大动静。

他距离小屋大约二十英尺时，门开了一个几英寸宽的缝。灯光下，一张男人的脸出现，男人手里握着一把左轮手枪。雄鸡站住了。那个人问："谁在外面？"雄鸡说："我们三个人在找临时过夜的地方。""没地方了。"门口那个人说着便关上了门，过了一会儿，里面的灯也灭了。

雄鸡转身比画了一个手势，招呼我们过去。拉博夫下了马，走到雄鸡身边。我也想跟上，但是拉博夫让我躲在树丛中，看着马。

雄鸡脱掉鹿皮夹克，递给拉博夫，让他到土堤上盖住烟囱。随后，雄鸡向一旁挪了十英尺，单膝跪地，架好了枪。那件夹克的挡风效果很好，很快烟便顺着门缝向外冒了出来。屋里的人提高了嗓门，随后又传出水泼在火炭上的嗞嗞声。

屋门猛地打开，两发子弹如火舌一般从一把猎枪中射出。我听到子弹打在树枝上的声音，差点被吓死了。雄鸡连开几枪回击。屋里传来一阵痛苦的尖叫声，随后门又被猛地关上了。

"我是联邦警察！"雄鸡说，"屋里是什么人？快点回答！"

"一个卫理公会教徒和一个狗杂种！"屋里传来傲慢的回应，"赶紧骑马滚蛋！"

"是埃米特·昆西吗？"雄鸡问道。

"我们没听说过埃米特·昆西！"

"昆西，我知道是你！给我听着！我是雄鸡科格本！我身边还有哥伦布·波特和其他五位警官！我们有一桶煤油！等会儿把你们烧个体无完肤！放下武器，双手抱头出来，保证不伤害你们！等我们把煤油倒入烟囱中就晚了，到时出来一个，打死一个！"

"你们就三个人！"

"要不就拿你的命来赌一把！里面几个人？"

"穆恩不能动了！他中枪了！"

"把他拖出来！把那盏油灯点上！"

"你手里有什么逮捕令？敢来抓我？"

"我没有逮捕令！你最好快点，小子！里面有几个人？"

"只有我和穆恩！让其他警官小心，不要走火！我们要出来了！"

屋里又亮起了灯。门被拉开，一把猎枪和两把左轮手枪被从门缝里扔了出来。两个男人走出来，其中一个一瘸一拐的，由另一个搀扶着。雄鸡和拉博夫命令他们趴到雪地上，然后搜他们的身，看有没有其他武器。名叫昆西的那个人，一只靴子里藏着一把鲍伊刀，另一只靴子里藏着一把两发子弹的小手枪。他说忘记自己身上还有那些武器，但雄鸡还是给了他一脚。

我牵着马走过去，拉博夫把他们带进牲口棚。雄鸡用步枪顶着两人，把他们赶进小屋。他们都是二十多岁的年轻人，名叫穆恩的那个脸色煞白，吓破了胆，看起来就像一条肥狗，没什么威胁。他的大腿中枪，裤腿上全是血。那个名叫昆西的男人长着一张马脸，尖嘴猴腮，眯缝眼，像个外国人，让我想起几年前来这里的某个做木桶板的斯洛伐克人。那些斯洛伐克人都是守法公民。从那些国家来的人大多都信奉天主教，喜欢蜡烛和念珠。

雄鸡给了穆恩一块蓝色手帕，用来包扎腿部的伤口。随后他又取出钢手铐，把两人铐在一起，让他们肩并肩坐在一条长凳上。屋里的家具只有一张木楔子腿的矮桌，还有两条长凳，分别摆在矮桌的两侧。我扇动着一只麻袋，想把烟赶到门外。有人已经把一锅咖啡倒在火炉上，但是火炉边缘还有一些烧着的木炭和木柴，我拨弄了一下死灰，又把炉火烧旺。

火炉上还有一口大锅，容量得有两加仑[1]，里面煮了玉米粥一类的东西。雄鸡舀了一勺，尝了尝，说是一种印第安人食物，名叫索夫基。他给我舀了一些，说味道不错，但是我看里面有垃圾，便拒绝了。

"你们两个家伙是不是还在等同伙？"他问道。

"那是我们的晚餐和明天的早餐。"昆西说，"我早餐吃得多。"

"我倒想看看你怎么吃早餐。"

"索夫基煮好后总是比想象中多。"

"除了偷盗牲口和倒卖烈酒，你们两个家伙还做些什么勾当？你们看起来很有问题。"

"你不是说没有逮捕令吗？"昆西应道。

"我没有指名抓你的逮捕令。"雄鸡说，"不过有几张佚名逮捕令，可以把罪名安到你头上。你得知道，违抗联邦警官的命令，这就够你坐一年牢了。"

"我们不知道是你，以为是什么疯子呢！"

穆恩说："我的腿疼。"

雄鸡说："当然疼。坐着别乱动，不然血就会流个不停。"

昆西说："我们当时不知道外面是谁。天那么黑。我们喝了些酒，

---

[1] 1加仑（美）约合3.785升。

天气也阴森可怖。谁都可能自称法警。其他警官呢？"

"我故意蒙你的，昆西。你最后一次见老伙计内德·佩珀是什么时候？"

"内德·佩珀？"偷牲口的贼说，"我不认识他。他是谁？"

"我觉得你认识他。"雄鸡说，"我知道你肯定听说过他。所有人都听说过他。"

"我从来没听说过他。"

"他以前在伯林盖姆先生的手下混。你不是也在柏林盖姆手下干过一段时间吗？"

"是，可我后来就跟其他人一样，不干了。那个老东西太抠门，手下都跑光了。我希望他下地狱，不得好死。我不记得有叫内德·佩珀的。"

雄鸡说："据说内德是个无所不能的牲畜贩子。我很好奇，你竟然不记得他。他是个小个子，暴躁易怒，神经兮兮的，反应很快，嘴唇上有个豁口。"

"不能仅凭一张滑稽的嘴唇就对号入座。"

"他的嘴唇也不是一开始就是那样的。我觉得你认识他。我再问你一件事。有个新来的，跟着内德干，也是个小个子，脸上有一块火药留下的黑斑。他自称钱尼，有时也自称切姆斯福德，随身带着一把亨利式步枪。"

"我想不起来。"昆西说,"一块黑斑,要是有这样的人,肯定能记起来的。"

"我想知道的你都不了解,是吧?"

"我是真不知道,就算知道也不会出卖朋友。"

"好吧,你再想想,昆西。还有你,穆恩。"

穆恩说:"只要不会伤害朋友,我一定会协助办案。我不认识那几个家伙。要是能帮上忙,我肯定会帮的。"

"要是不帮我,我就把你们俩都送到帕克法官那里去。"雄鸡说,"等我们到了史密斯堡,你那条腿肯定肿得不像样子了。然后那条腿就会坏掉,只能截肢。要是你能活下来,我就把你送到底特律的联邦法院,坐上两三年的牢。"

"你这是在吓唬我。"穆恩说。

"在那里,他们会教你读书、写字,但余下的可不好熬。"雄鸡说,"你要是不想去也可以不去。告诉我一些有关内德的有用信息,明天我就带你去麦卡莱斯特,这样就能把子弹取出来了。我再给你三天时间,你可以离开印第安人保留区。你可以去得克萨斯州,那里牲畜肥壮,你们两个家伙去那里正好能亮亮手艺。"

穆恩说:"我们不能去得克萨斯州。"

昆西说:"你给我闭嘴,穆恩,说话的事情交给我。"

"我坐不住,腿一直在抽痛。"

雄鸡拿出自己的那瓶威士忌，给那个年轻的牲口盗贼倒了一杯。"孩子，你要是听昆西的，不是丧命就是丢腿。"他说，"昆西又没受伤。"

昆西说："别让他唬住了，穆恩。你要坚强，我们能挺过去。"

拉博夫拖着我们的铺盖和其他随身物品进了屋。他说："那个洞里有六匹马，科格本。"

"什么样的马？"雄鸡问。

"看起来都是不错的坐骑，好像都装了铁掌。"

雄鸡质问两个盗贼那些马是怎么回事，昆西声称是他们在吉布森堡买的，准备卖给印第安警察"乔克托轻骑兵"。但是他们拿不出买卖合约，也无法证明马匹的所有权，所以雄鸡不信他们的话。昆西阴着脸，不再回答问题。

我被派出去捡些柴火，便拿起一盏提灯之类的灯照明——随它是什么吧，走进雪地里，捡了一些树枝和倒了的小树苗。我没有斧子，只能把整根搬回去，搬了好几趟。

雄鸡又煮了一锅咖啡。他让我把冻得硬邦邦的腌肉和玉米烤饼切成片，又命令昆西拔掉火鸡身上的毛，切好备煎。拉博夫想直接用火烤，但是雄鸡说那只火鸡不够肥，直接烤的话，肉会变老，而且很干。

我坐到桌旁的一条长凳上，两个盗贼就坐在对面的长凳上，两人被铐在一起的手搭在桌上。两个盗贼在火炉旁边的泥地上搭好了简陋的硬板床，此时，雄鸡和拉博夫把步枪放在腿上，坐在那里休息。墙上有些洞，草皮也掉了，风从洞中呼啸着吹进来，提灯的火苗闪烁着，不过屋子很小，生着炉子就足够暖和。总的说来，还算比较舒适。

我往僵硬的火鸡身上浇了一壶开水，但并没有烫松鸡毛。昆西用被铐住的手扶住火鸡，用可以自由活动的那只手拔着火鸡毛，嘴里不停嘟哝着，抱怨这份活离谱。拔完毛之后，他又用那把鲍伊刀把火鸡切成可以油煎的小块。他把一切都弄得很邋遢，以此宣泄心中的愤恨，火鸡块也因此被切得乱七八糟。

穆恩喝了威士忌，腿上的伤疼得他开始呻吟。我有些可怜他。有一次他发现我在偷偷瞄他，便开口说："你在看什么？"这个问题很傻，我就没搭理他。他说："你是谁？你在这里做什么？这个女孩在这里做什么？"

我说："我是玛蒂·罗斯，来自阿肯色州的达达尼尔。现在，我要问你一个问题。你为什么会变成牲口盗贼？"

他又问了一遍："这个女孩在这里做什么？"

雄鸡说："她跟我一起来的。"

"她和我们两个一起来的。"拉博夫说。

穆恩说："看起来不对劲。我有点搞不懂。"

我说："那个钱尼，脸上有块黑斑的那个人，杀害了我的父亲。他跟你一样也喝威士忌，最后落得醉酒杀人的下场。如果你能回答这位警官的问题，他就会帮你。我在老家有个很好的律师，他也会帮你。"

"我被搞糊涂了。"

昆西说:"不要跟这些人扯个没完,穆恩。"

我说:"我不喜欢你的长相。"

昆西停下手里的活,说:"你在跟我说话吗,小崽子?"

我说:"是的,我要再说一遍。我不喜欢你的长相,也不喜欢你切火鸡的样子。我希望你坐牢。我的律师也不会帮你。"

昆西咧着嘴笑起来,比画着手里的刀,作势要砍我。他说:"你也好意思说长相,看你那歪瓜裂枣的样子。"

我说:"雄鸡,这个昆西把火鸡切得一团糟。他把骨头都剁碎了,骨髓都流了出来。"

雄鸡说:"好好切,昆西,要不我就让你吃鸡毛。"

"我根本就不会干这种活。"昆西说。

"像你这样能在夜里快速扒掉牛皮的人,杀只火鸡自然不在话下。"雄鸡说。

穆恩说:"我得找个大夫看看。"

昆西说:"你别喝酒了,都喝傻了。"

拉博夫说:"不把这两个人分开,我们什么都问不出来。这个人完全控制了另外一个。"

雄鸡说:"穆恩已经弄明白了。像他这样的年轻人可不想丢掉一条腿。

他这么年轻，肯定不想拄着柳木拐过日子。他还想跳舞、运动呢。"

"你这是在挑拨人心。"穆恩说。

"我只是跟你说了一些事实而已。"雄鸡说。

过了几分钟，穆恩凑到昆西耳边，说起了悄悄话。"不准这样。"雄鸡举起步枪说，"有话就当众说。"

穆恩说："我们两天前刚见过内德和阿泽。"

"别犯傻！"昆西说，"你要是再说话，我就杀了你。"

但穆恩还是继续说着："我快不行了。必须找个大夫来看看。我会把我知道的都说出来。"

听到这些话，昆西拿起鲍伊刀，砍向穆恩被铐着的那只手，剁掉了四根手指。那四根手指就像砍木头溅起来的木屑一样，在我眼前飞过。穆恩惨叫起来，一颗步枪子弹打穿了我眼前的提灯，击中昆西的脖子，热血顿时溅了我一脸。我当时想，我得赶紧躲开，于是从长凳上向后闪身，在泥地上找了个安全的地方缩了起来。

雄鸡和拉博夫一跃来到我躺落的地方，确认我没有受伤后，才去查看倒在地上的两个盗贼。昆西已经失去了意识，就算没死，也活不长了。穆恩的手和胸口血流不止，在两人倒下之前，昆西又送来了致命一击。

"天哪，我要死了！"他说。

雄鸡划了一根火柴，生出一点亮光，让我去火炉旁找一根引火的松木节。我找到一根很长的松木,点燃后拿了过去。火把冒着青烟,最终形成恐怖的一幕。雄鸡解开了那个可怜的年轻男子手腕上的手铐。

"快想想办法!救救我!"他哭喊着。

"我救不了你了,孩子。"雄鸡说,"你的伙伴要杀死你,我已经杀了他。"

"不要把我留在这里。不要让狼群糟蹋我的尸体。"

"虽然地面已经冻上,但我会把你好好安葬的。"雄鸡说,"你必须把有关内德的消息告诉我。你在哪里见过他?"

"我们两天前在麦卡莱斯特见过他和阿泽。他们今晚要来这里,吃晚饭,换一批新马。如果这场雪没拦住他们,此时他们应该在瓦戈纳县中转站抢劫'凯蒂·福莱尔'号列车[1]。"

"他们有四个人?"

"他们有四匹马,我只知道这些。内德是昆西的朋友,不是我的。我不会出卖朋友。我之前还怕会有枪战,那样我就不能活蹦乱跳了。打架我是不怕的。"

雄鸡问:"你见过一个脸上有黑斑的男人吗?"

"我只见过内德和阿泽。打架时,我总是冲在最前头,可是闲下

---

1 由密苏里—堪萨斯—得克萨斯铁路公司于一八九六年开始运行的铁路专线。

来想想,我也算不上讲义气。昆西坏事做尽,但对朋友真是没的说。"

"他们说什么时候到这里?"

"我之前也在等他们。我有个兄弟叫乔治·加勒特,在得克萨斯州南部卫理公会做巡回牧师。雄鸡,你把我的随身物品卖掉,请奥斯汀地区的负责人把钱转交给他。那匹暗褐色的马是我付钱买的。其他几匹是我们昨晚从伯林盖姆先生那里偷来的。"

我说:"要我们把你的遭遇转告你的兄弟吗?"

他说:"我都没关系。他知道我做的什么勾当。我和他会在黄泉路上见。"

雄鸡说:"可别再跟着昆西了。"

"昆西对我一直不薄。"穆恩说,"他在动手杀我之前从来没骗过我。让我喝口凉水。"

拉博夫用杯子给他盛了些水。穆恩要用血淋淋的残手去接,然后又立即换成另一只手。他说:"感觉手指还在,其实没了。"他喝了一大口水,身体也跟着疼了起来。他又嘟哝着说了一阵胡话,说话间毫无意识,之后问他问题也不再回应。他的眼中透着迷茫。很快,他也没气了,随朋友而去。他看起来好像一下轻了三十磅。

拉博夫说:"我就说该把他们俩分开。"

雄鸡不想承认自己犯了错,就没接话。他翻了翻死去盗贼的口袋,把翻出来的小物件放到桌上。提灯已经修不好了,拉博夫就从马鞍袋里取出一支蜡烛，点燃并立到桌子上。雄鸡找到几枚硬币、一些弹药、几张纸币、一张从画报上撕下来的美女画像、几把小折刀和一块烟草。他还从昆西的背心口袋里翻出一块加州金币。

我看见那块金币时差点喊出了声。"那就是我父亲的金币！"我说，"给我！"

这枚金币是长方形而不是圆形的，上面印着"加州"字样，价值三十六美元多一点。雄鸡说："我从来没见过这种金币。你确定是这一块吗？"我说："是的，爸爸娶妈妈的时候，外公斯珀林给了爸爸两块这样的金币。另一块还在那个浑蛋钱尼手里。我们找到了他的行踪，肯定没错！"

"反正我们已经寻到了内德的踪迹。"雄鸡说，"希望两人在一起。我很奇怪，昆西怎么会有这枚金币。这个钱尼是个赌徒吗？"

拉博夫说："他喜欢玩扑克。内德还没来，我估计他们取消了抢劫行动。"

"别太指望那个了。"雄鸡说，"给马装上鞍，我们把这两个小伙子的尸体运出去。"

"你打算逃跑？"拉博夫说。

雄鸡目光如电地瞪着他说："我打算做我该做的事。给马装上鞍。"

雄鸡指挥我收拾了小屋。他把尸体扛出去，藏到树林里。我把火鸡碎块装起来，把破烂的提灯扔进火炉里，又用棍子在泥地上划了一通，盖住了地上的血迹。雄鸡准备打一个伏击。

他再次从树林回来时，顺手捡了一些柴火。他把炉火烧旺，屋里便有了光亮，烟也开始往外窜，让人误以为屋里有人。然后我们出了门，来到牲口棚，与拉博夫会合，我们的马也在那里。我之前说过，两段山坡连成一个V字形的山谷，那座小屋恰在山谷深处，在雄鸡看来，这里适合打伏击。

他指挥拉博夫牵着马，埋伏在北面山坡的中间位置，还解释说，他会在南面山坡对应的位置埋伏。他没有提到我要完成的任务，我便和雄鸡待在一边。

他对拉博夫说："在那边找个好位置，隐蔽起来，不要乱动。听到我的枪声再射击。我们要把他们困到屋里，一网打尽。最后一个人进屋时，我会打死他，然后我们就能瓮中捉鳖了。"

"你打算背后突袭？"拉博夫问。

"让他们知道知道，我们是认真的。这些人不是偷鸡摸狗的小蟊贼，不要打草惊蛇。我打完第一枪，会对他们喊话，看看有没有机会活捉他们。如果他们不束手就擒，我们就等他们冲出来时开枪。"

"这是一个只涉及杀人的计划。"拉博夫说，"我们不是要活捉切姆斯福德吗？你根本没给他们投降的机会。"

"给内德和阿泽机会没有意义。他们要是被捕，肯定会被绞死，他们心里有数。每次他们都会抵死拒捕。其他人可能会胆小投降，我也不清楚。另外，我们也不知道他们有多少人，可我们这边只有两个人。"

"要不我在切姆斯福德进屋之前把他打倒？"

"我觉得不好。"雄鸡说，"如果在他们进屋之前开枪，就只能留下一个空网。我还要抓住内德。我要把他们全抓住。"

"好吧。"拉博夫说，"要是他们真的逃了，我就去追切姆斯福德。"

"不管你用那把夏普斯步枪打到他身体的哪个部位，他都必死无疑。你去追内德，我想办法给他腿上来一枪。"

"内德长什么样？"

"小个子。我也不知道他会骑什么马。他话很多。你就冲个子最小的那个打。"

"要是他们躲在里面不出来呢？他们可能会一直躲到天黑，然后突围。"

"我觉得他们不会。"雄鸡说，"别纠结这些了。赶紧过去。出了意外就动动脑子。"

"我们要等多久？"

"等到天亮吧。"

"我觉得他们不会来了。"

"你有可能说得对。赶紧行动吧。睁大眼睛，别让马出声。别睡着了，也别太紧张。"

雄鸡拿起一根很大的雪松树枝，扫去了我们在小屋前留下的足迹。然后我们牵着马，沿着蜿蜒多石的溪岸上了山。我们翻过山，雄鸡让我待在那里看马。他让我跟马说话，或者给它们吃一些燕麦，或者如果它们打响鼻或嘶鸣，就用手堵住它们的口鼻。他在口袋里装了几个玉米烤饼，便要去伏击的位置做准备。

我说："我在这里什么都看不见。"

他说："我就是让你待在这里。"

"我要跟你待在一起，看看会发生什么。"

"你照我说的做。"

"这些马没问题的。"

"今天晚上的屠杀，你还没看够吗？"

"我不会一个人待在这里。"

我们一起沿山脊返回。我说："等等，我要回去拿上左轮手枪。"但是他粗暴地把我拽到他身后跟着他，我也只能作罢。他在一截大圆木后面找到了一个位置，可以清楚地观察山谷和小屋附近的动静。我们用脚踢开积雪，这样就能坐到落叶上休息。雄鸡给步枪装好弹药，然后把弹药袋放在圆木上，随手便能取用。他又拿出左轮手枪，把撞锤下面那个空枪膛填满弹药。手枪和步枪都能用同一种弹药。我原本以为不同的枪必须有不同的弹药。我把雨衣紧紧裹在身上，头枕着圆木，准备休息一会儿。雄鸡吃了一个玉米烤饼，也递给我一个。

我说："划一根火柴，让我先看看。"

"看什么?"他问。

"有一些上面沾了血。"

"我们不能划火柴。"

"那我不吃了。给我几块太妃糖。"

"已经吃完了。"

我想睡一会儿,可是天气太冷,我只要脚一凉,就睡不着。我问雄鸡,他在成为联邦法警之前是做什么工作的。

"我什么都做,就是没念书。"他说。

"举个例子呗?"我说。

"我曾在得克萨斯州的黄屋河剥野牛皮、猎杀野狼,然后去领赏金。我在那里见过重一百五十磅的狼。"

"你喜欢做那些事吗?"

"赏金挺高,但是我不喜欢空旷的野外。刮太多风的天气不适合我,而且那里一片荒凉,没几棵树。有些人觉得还行。那里生长的一切都画满了标记。"

"你去过加利福尼亚吗?"

"没去过。"

"我的外公斯珀林住在加利福尼亚的蒙特雷。他在那里有一家店,看向窗外,随时都能看到蓝色的大海。每年圣诞节,他都会给我寄五美元。他的前两任妻子都去世了,如今娶了一个名叫珍妮的三十一岁女人，比我妈妈还小一岁。妈妈都不愿提她的名字。"

"我在科罗拉多州混过一段时间，不过从来没去过加利福尼亚。我还在丹佛帮一个名叫库克的人运过物资。"

"你参加过内战吗？"

"参加过。"

"我爸爸也一样，他是个优秀的士兵。"

"我想他也是。"

"你认识他吗？"

"不认识，他到过哪些地方？"

"他在阿肯色参加过豌豆岭战役，后来在田纳西州的奇克莫加战役中受了重伤。之后，他便回了家，差点死在路上。他在丘吉尔将军的部队里服过役。"

"我大部分时间都在密苏里州。"

"你是在战争中变瞎的吗？"

"我在堪萨斯城外的隆杰克作战时失去了一只眼睛。我的马都被打死了，我只是瞎了一只眼而已。科尔·扬格冒着枪林弹雨把我拖了回去。可怜的扬格，他和鲍勃和吉姆一起，被判了无期徒刑，在明尼苏达的监狱里服刑。你等着瞧吧，总有真相大白的一天，他们终会发现，在诺斯菲尔德的银行劫案中，打死银行出纳的是杰西·W.詹姆斯。"

"你认识杰西·詹姆斯吗？"

"我对他没印象。波特说,他和我们一起在森特勒利亚打过仗,还在那里打死一个北方军少校。波特说,他当时还是个孩子,但是非常阴险。波特还说,他比弗兰克还恶毒。要真是这样,可不得了。我对弗兰克印象深刻,当时我们都叫他'雄鹿',可是我不记得杰西这个人。"

"你现在为北方人工作了。"

"贝齐去世之后,世道就变了。我不敢想象当年的景象。堪萨斯的'红腿军'烧杀抢掠,我的父老乡亲没吃的,只能喝变酸的牛奶,吃烤玉米穗。你就算吃一大堆烤玉米穗,睡觉时还会饿。"

"内战结束后,你都做过什么?"

"哎,跟你讲讲吧。我和波特听说南方军在弗吉尼亚宣布投降,就骑马来到独立城,上缴了武器。他们问我们是否准备好了对着星条旗宣誓,效忠华盛顿政府。我们说是的,我们已经准备好了。我们宣了誓,但他们还是不愿立马放我们走。他们给了我们一天的假释期,让我们第二天早上回去报到。我们听说当晚有个堪萨斯少校会过来,他是个南方游击队员。"

"什么是游击队员?"

"我不知道。他们是这样称呼我们的。总之,我们对那个堪萨斯少校不放心。因为我们曾与比尔·安德森和匡特里尔一伙,他们可能会把我们关起来,甚至更糟。波特从一间办公室里偷出一把左轮手枪,当夜我们就骑着两头政府的骡子匆匆跑路。我当时还在一天的保释期内,估计那些支持废奴的游击队员还在等着呢。当时我们的衣服破破烂烂的,身上一个子儿都没有。我们出城,大约跑了八英里,撞见一个邦联上尉和三个士兵。他们问那条路是不是去往堪萨斯城的。那个上尉是资助人,我们帮他们减轻了一些负重,从他们身上抢走了四千美元的硬币。他们痛苦哀号,好似那些钱是他们的私有财产一样。那些钱是政府的,我们正好需要一些路费。"

"四千美元?"

"是的,全是金币。我们还抢走了他们的马。波特分走了一半的钱,去了阿肯色州。我则带着我那一半去了伊利诺伊州的开罗,更姓改名,自称伯勒斯,买下了一家名叫'绿青蛙'的饭馆,娶了一个离了婚的女人。饭馆里还有一张台球桌。客人有男有女,但是以男人居多。"

"我不知道你还有老婆。"

"现在没有了。她异想天开,想让我成为一名律师。她觉得经营餐馆太掉价。她买了一本名叫《丹尼尔论可转让票据》的大部头,让我读。我根本就读不懂。一读老丹尼尔的书,我就头大。我又开始酗酒,经常和朋友厮混,一连两三天不回家。我老婆不喜欢我那些狐朋狗友。她受够了,决定回到第一任丈夫身边,当时他在帕迪尤卡一家五金店做店员。她说:'再见,鲁宾,你根本就没想过要过体面日子。'一个离过婚的女人竟然跟你讲起了体面。我对她说:'再见,诺拉,这一次,希望那个卖钉子的浑蛋能给你幸福。'她带走了我们的儿子。反正，那个儿子从来都不喜欢我。我想可能是因为我一直对他言语粗暴，可是我也没什么恶意呀。你肯定不会喜欢霍勒斯那样一个反应迟钝的孩子。我敢打赌，他打碎过四十个杯子。"

"绿青蛙后来怎么样了？"

"我试着独自经营了一段时间，但是留不住好的帮手，而且我一直都没学会怎么买肉。我完全不知道自己在做什么，就像只没头苍蝇。后来，我终于决定放弃，把店卖掉了，收回九百美元，然后便到各地游历。我就是在这段时间去了得克萨斯州荒凉的草原，与弗农·沙夫托和一个名叫奥吕的扁头族印第安人一道，捕猎野牛。摩门教徒把沙夫托赶出了大盐湖城，不要问我为什么，就当是个误会吧。就算你问我也没用，我不会回答的。奥吕和我都发过毒誓，不把此事说出去。唉，现在那些大块头的长毛家伙都快灭绝了，真是他妈的可惜啊！现在要是能有条腌野牛舌，我愿意立马付三美元。"

"你偷了那笔钱，一直没人来抓你吗？"

"我认为那不是偷。"

"偷了就是偷了。那钱也不属于你。"

"我从来不这样自寻烦恼。这么多年了，我睡觉一直很香。"

"斯通西尔上校说你当法警之前是个拦路抢劫的强盗。"

"我好奇是谁在散播这些谣言。那位老先生还是管好他自己的事情吧。"

"那可能就是谣言吧。"

"也不全是。之前在新墨西哥的拉斯维加斯,一个春光明媚的日子,我手头有些紧,就抢了一家放高利贷的小银行。我觉得自己在做善事,抢了一伙贼总不能算抢吧?我从来不抢平头百姓,连块手表都没偷过。"

"这都是强盗行径啊。"我说。

"他们新墨西哥人也是这个态度。"他说,"我只能逃命,一天交火三次。波当时还是一匹强壮的小马,当地没有一匹马能跑赢它。但是我不喜欢被当成贼,被人追捕,挨枪子儿。追捕我的地方武装团就剩下七人时,我掉转马头,用牙齿咬住缰绳,从马鞍里抽出两把海军型六发左轮手枪,径直向他们冲了过去,边冲边开枪。我猜那些人都已成家,又爱家人,很快就四散奔逃,回家去了。"

"真是难以置信。"

"什么?"

"一个人那样冲向七个人。"

"绝对是真的。我们在内战时也这样干过。我见过十几个勇敢的骑兵冲散了一支整装骑兵部队。你奋不顾身地策马疾驰,冲向一个人,对方就没时间思考自己一方有多少人,心里只会想着自己,想着如何逃跑,避开迎面而来的满腔怒火的你。"

"我觉得你在吹牛。"

"事实就是这样。波驮着我来到得克萨斯州,我们都没跑。如今,我可能不会那么干了。我老了,也变胖了,波也一样。我在得克萨斯赌马,全程四百多米的赛马比赛,结果把钱输光了。之后,我追着那帮恶棍穿过奇克索部落地界的红河,就把他们跟丢了。正是这个时候,我和一个名叫福格尔森的男人结为好友,他正赶着一群牛去往堪萨斯。我们赶着牛,度过了一段快乐时光。当时夜夜下雨,路上的草丰茂多汁。白天阴云密布,蚊子都快把我们咬死了。福格尔森像个后爹一样,完全不把我当人待,对自己也一样狠,我连睡觉的滋味都忘了。等我们来到南加拿大河时,雨水已经漫过了河堤,但是福格尔森有合约在身,要按期交货,等不得。于是他说:'孩子们,我们过河。'过河时,我们丢了将近七十头牛,但这也算走运了。我们的马车也丢了,之后就连面包和咖啡也没了。来到北加拿大河,同样的事情再次上演。'孩子们,我们过河。'有些牛陷进了河对岸的沼泽里,我就把它们拉出来。波快累趴下了,于是我就喊那个赫琴斯来帮忙。他正骑在马上抽着烟斗。他来自宾夕法尼亚州的费城,当年还不是专职的牲口贩子,不过对这群牛有些兴趣。他说:'自己干,付给你钱就是让你干这个的。'我抬手一枪把他打下了马。这么做不好,可我当时累坏了,又没有咖啡喝。他伤得不重,子弹擦破了他的头皮,他把烟斗咬成了两截。他偏要送我见官,怎么劝他都不行。那荒郊野外的,根本没有警官,福格尔森也是这么对他说的。于是赫琴斯收了我的武器,和另外两个牲口贩子一道,把我送到了里诺堡。部队根本不管这些私人之间的争吵,赶巧有两位联邦法警在那里抓捕私酒贩子。其中一个就是波特。"

我就要睡着了,雄鸡推了推我。"我说,其中一个是波特。"

"什么?"

"里诺堡的两位法警里有一个是波特。"

"就是内战时你的那个朋友?同一个?"

"对,就是哥伦布·波特本人。我见到他很高兴。他假装不认识我,对赫琴斯说会逮捕并起诉我。赫琴斯说,等他忙完堪萨斯的生意,就回到史密斯堡,出庭做证,与我对质。波特说他当场的陈述足以对我够成故意伤害罪了。赫琴斯说,他从未听过不需要证人的法庭。波特说,他们发现这样能省时间。我们来到史密斯堡,波特推荐我成为一名法警。乔·谢尔比为他向警长担保,帮他得到了这份工作。谢尔比将军当时在密苏里做铁路生意,他认识那里所有的共和党人。他也帮我写了一封漂亮的推荐信。有个好朋友就是好。波特就是我最铁的哥们儿。"

"你喜欢做法警吗?"

"比我打完仗之后做的其他工作都强。做什么都比贩卖牲口好。我爱干的事,收入都不高。"

"我觉得钱尼不会出现了。"

"我们会抓到他的。"

"我希望今晚就能抓到他。"

"你跟我说过你喜欢猎浣熊。"

"我明白这件事不会那么简单,不过还是希望今晚能抓到他,早点做个了结。"

雄鸡说了一整晚。我不时打个盹,醒来后发现他还在说。他讲了很多故事,有的故事人物太多,我有点跟不上,但是这些故事能够消磨时间,让我忘记了严寒。他的话,我都不信。他说他在密苏里州的锡代利亚认识一个女人,女人小时候踩到一根针,九年之后,这根针竟然从她第三个儿子的大腿里出来了,大夫都摸不着头脑。

那帮盗匪来时,我已经睡着了。雄鸡摇醒我,说:"他们来了。"我一惊,翻身趴到地上,把头探过圆木去看。天还没有亮透,能看到一些轮廓,但是看不清细节。几个人骑着马,一字排开,有说有笑。我数了一下人数。六个!六个荷枪实弹的人对两个。他们毫无戒备,我心想:雄鸡的计划进展得很顺利。但是,他们在距离小屋五十码的位置突然停了下来。屋里的火已经灭了,可是泥烟囱里还冒着一缕青烟。

雄鸡轻声对我说:"看见你要找的那个人了吗?"

我说:"我看不清他们的脸。"

他说:"那个没戴帽子的小个子就是内德·佩珀。他丢了帽子,骑马走在最前面。"

"他们在做什么？"

"观察周围的环境。低头。"

幸运星内德·佩珀似乎穿着一条白裤子，后来我才知道那东西叫羊皮套裤。一个盗匪学着火鸡咕咕叫了一声。他等了一会儿，又学了一声，然后又叫了一声，小屋里空无一人，当然也不会有回应。这时，匪帮里出来两个人，他们骑马来到小屋前，然后下了马。其中一个人叫了昆西几声。雄鸡说："那个是阿泽。"随后，两人拿着枪进了小屋。过了一会儿，两人从屋里出来，又四处搜寻了一番。那个名叫阿泽的男人不停地呼唤着昆西的名字，还发出了一声赶猪的声音。然后他向马背上的其他盗匪喊道："马在这里，穆恩和昆西好像出去了。"

"去哪里了？"匪帮头子幸运星内德·佩珀问。

"从留下的痕迹看不出来。"阿泽说，"里面有六匹马，火炉上还煮了一锅索夫基，但是火已经灭了。搞不清楚。他们可能去雪地里打猎了。"

幸运星内德·佩珀说："昆西不会在夜里离开温暖的火炉去打野兔的。这不可能。"

阿泽说："门口的雪都被踩烂了。内德，你过来看看是怎么回事。"

和阿泽一起下马查看的男人说："有什么用呢？我们换好马就离开这里，可以去'老妈家'吃点东西。"

幸运星内德·佩珀说："让我想想。"

和阿泽一起的那个男人说："我们这是浪费时间，不如上马赶路。这场雪已经浪费了我们很多时间，我们的行踪也都暴露了。"

这个男人第二次说话时，雄鸡认出他是来自得克萨斯州沃思堡的一个墨西哥赌徒，自称土著墨西哥佬鲍勃。他没说墨西哥语，不过我猜他应该会说。我瞪大眼睛，想看清马背上的那些盗匪，但是天色太暗，再怎么努力还是看不清他们的脸。而且他们都穿着厚外套，戴着大帽子，马匹还在乱动，所以从他们的肢体状态也看不出个所以然来。我没看出其中有爸爸的坐骑朱迪。

幸运星内德·佩珀掏出一把左轮手枪，迅速向空中开了三枪。枪声在空谷里回荡，然后自然而然地恢复了安静。

刚过一会儿，对面山脊上响起了回应的枪声，幸运星内德·佩珀的马像被斧子砍了一样，应声倒地。山脊方向又射来更多子弹，整个匪帮慌作一团，不知所措。开枪的是拉博夫，他以最快的速度给那把重型步枪填装弹药并开始射击。雄鸡咒骂着，也站起身，用温彻斯特连发步枪射击。阿泽和那个墨西哥佬还没来得及上马就中了枪，阿泽当场毙命。雄鸡的步枪里蹦出滚烫的弹壳，落在我的手上，疼得我一把将它甩开。那个墨西哥佬刚才只是受了伤，等雄鸡掉转枪头瞄准其他盗匪时，他就站起来，拉住他的马，骑马跟着其他人走了。他抬起一条腿跨在马背上作为支撑，身体挂在马的另一侧。如果我没有全程见识他的"绝技",肯定会认为马背上根本没有人。他就这样躲过了雄鸡的注意。我完全惊呆了,什么忙都没有帮上。

我再说一下其他盗匪的情况。幸运星内德·佩珀被马压倒在地,但是他很快从死马下面爬了出来,用刀子割下了鞍袋。另外三个盗匪已经快马加鞭,逃离了这片可被称作夺命战场的地方,他们还边逃边用步枪和左轮手枪向拉博夫回击。雄鸡和我在他们后面,相比于拉博夫,离他们更远。反正我记得,他们没有一枪是开向我们的。

幸运星内德·佩珀在那些骑马的盗匪后面,沿之字形路线徒步逃跑,边跑边喊。他一只胳膊挎着鞍袋,另一只手拿着一把左轮手枪,雄鸡一直没有打中他。那个盗匪真不愧有"幸运星"的绰号,而且他的运气还不止于此。在枪声隆隆、硝烟弥漫的一片混乱中,他的一个手下恰巧听到了他的喊声,于是掉转马头,猛冲回来营救老大。那个人刚到幸运星内德·佩珀身前,俯身伸手要拉他上马,却正好落入拉博夫那把强力步枪的准星下,被一枪击落马下。幸运星内德·佩珀熟练地翻身上马,占了那个人的位置,对那个冒险返回救他的落马朋友一个字都没说,一眼都没多看。他身子紧贴在马背上逃走了,那个会马术特技的墨西哥赌徒紧随其后。这段打斗只是一瞬间的事,不像我的描述这样长。

雄鸡让我牵着马,他则徒步下了山。

那群盗匪抛下了两个丧命的同伙。在我们的追击下,其他人都被追骑着筋疲力尽的马儿,继续往前逃了。但是,我觉得我们这一边也没什么可庆祝的。倒在雪地上的两个盗匪已经死了,不能提供任何线索。我们在逃跑的几个人里面也没发现钱尼。他跟这伙人是一路的吗?我们跟踪的方向对吗?我们还发现,幸运星内德·佩珀逃跑时带走了火车劫案的大部分赃物。

要不是拉博夫过早开枪,打草惊蛇,形势或许对我们更有利。但是,我也说不准。我觉得幸运星内德·佩珀发现两个偷牲口的盗匪无故失踪之后,就没想过要进小屋,甚至都不打算再靠近。所以,我们的计划无论如何都要破产。雄鸡则把全部罪责安在拉博夫身上。

我牵着马来到山脚时,雄鸡正劈头盖脸地咒骂那个得克萨斯人。我敢肯定,要不是拉博夫受了伤,疼得心神不宁,两人肯定会大打出手。一颗子弹打中拉博夫的枪托,木屑和铅弹片飞溅,弄破了他上臂的嫩肉。拉博夫说自己所在的位置视野不好,正要换到一个视野更好的地方时,突然听到三声枪响,便以为是信号,结果发现是幸运星内德·佩珀开的枪。他以为双方已经交上了火,便站起来,冲之前已经瞄准的那个盗匪头子迅速开了一枪。

雄鸡说拉博夫在编故事,指责他当时肯定睡着了,被信号枪声惊醒,惊乱中便开始射击。拉博夫第一枪就击杀了幸运星内德·佩珀的马,我觉得这一点对他有利。如果他是在惊慌中射击的,怎么可能第一枪就差点击中盗匪头子呢?可是,他宣称自己是个经验丰富的警官,擅长射击,如果他一直保持警醒,瞄准目标后再射击,又怎么会打不中目标呢?只有拉博夫自己知道真相。我没有耐心继续听他们在这件事上无休止地争吵。我想雄鸡之所以生气,是因为他导演的大戏被抢走,也因为幸运星内德·佩珀再次从他手中逃走。

两位警官按兵不动,没有继续去追那些盗匪,我建议他们最好赶紧行动。雄鸡说他知道那些盗匪的去处,也不想冒险,怕在路上遭遇伏击。拉博夫则认为,我们的马精力充沛,而他们的马精疲力竭,我们可以轻松发现他们的行踪,很快就能追上。但是,雄鸡想把偷来的马和盗匪的尸体运到麦卡莱斯特的店里,万一密苏里—堪萨斯—得克萨斯铁路公司有悬赏,他们就能优先申请到。他说,这里有很多法警、铁路警察和政府线人,很快就会掺和进来。

拉博夫用雪揉搓着胳膊上的伤口来止血。他取下围巾,用作绷带,但是一只手不方便包扎,我便过去帮他。

雄鸡见我在帮这个得克萨斯人包扎胳膊,就说:"这事与你无关。进去煮点咖啡。"

我说:"用不了多久。"

他说:"你别管,快去煮咖啡。"

我说:"你这人怎么这么不讲理?"

他走开了,我则继续帮拉博夫包扎好胳膊。我热了一下索夫基,把落进里面的脏东西挑了出来,又在火炉上煮了些咖啡。拉博夫跟着雄鸡来到关牲口的洞穴，他们用一条很长的马尼拉麻绳穿过马笼头，把六匹马连到一起，又把四具尸体捆到马背上，像放了几麻袋玉米一样。穆恩那匹褐色的马龇牙咧嘴，想要挣脱，不让他们把主人的尸体绑到背上。于是他们便换了一匹没那么敏感的马来驮。

雄鸡认不出那个返回来营救幸运星内德·佩珀的人。我叹了口气。他还只是个孩子，比我大不了多少。他的嘴张着，我都不忍心再看。那个叫阿泽的人年纪很大，脸色蜡黄，长满了皱纹。他们费了很大力气才从死尸手里掰下"死死握着的"左轮手枪。

两位警官在附近的树林里找到了阿泽的马。马没有受伤，马鞍上驮着两个麻袋，里面装着三十五块手表、几枚女士戒指、几把枪以及大概六百美元的纸钞和硬币——都是从"凯蒂·福莱尔"号列车的乘客手中抢来的！拉博夫又在盗匪反击的地方搜寻了一番，发现一些铜弹壳，便拿给雄鸡看。

我问："这是什么？"

雄鸡说："这是亨利式步枪打出的 .44 凸缘式底火子弹。"

这样我们便又有了一条线索。但是我们没有抓到钱尼，甚至都没见到他的人影。我们匆匆吃了早饭，吃的是印第安式玉米粥，然后离开了那个地方。

我们骑马去得克萨斯路，只用了一小时。我们的队伍浩浩荡荡，如果在那个明媚的十二月早晨，你恰巧骑马走在得克萨斯路上，就能遇见两个满眼血丝的警官和一个家住阿肯色州达达尼尔附近睡眼惺忪的女孩，正骑马漫步向南，身后还牵着七匹马。如果你走近细看，就会发现其中四匹马上还驮着持枪劫匪和偷牲口的贼的尸体。我们也确实遇到过几个行人，他们看到我们押运的这批可怕的货物，都惊讶不已。

其中有一些听说过火车劫案的事。有一个印第安人告诉我们，这些劫匪在火车上抢走了一万七千美元的现金。两个驾着双轮单座轻马车的人告诉我们，他们了解到的消息说赃款有七万美元之多。相差还真是大啊！

众人关于抢劫过程的描述基本一致，经过是这样的：这些盗匪破坏了瓦戈纳县中转站的道岔锁闭器，迫使火车进入一条旁轨。他们抓了火车司机和司炉作为人质，要求铁路公司职员打开车厢门，否则就杀掉人质。那个职员很有勇气，拒绝开门。盗匪杀了司炉，但是那个职员仍然坚持不开门。之后，盗匪用炸药炸开了门，那个职员在爆炸中丧生。他们又用了一些炸药，炸开了保险箱。与此同时，两名盗匪拿着上好膛的枪，来到客运车厢，要劫掠旅客。卧铺车厢里有个人抗议他们的暴行，便遭到一顿毒打，脑袋被枪管划了一道口子。除了那个司炉和铁路公司职员，只有这名旅客受了伤。这伙盗匪都压低了帽子，用手帕蒙住了脸，只有幸运星内德·佩珀因为块头小，气度威严，被人认了出来。其他人都没有被认出身份。这就是他们在瓦戈纳县中转站抢劫"凯蒂·福莱尔"号列车的过程。

在得克萨斯路上骑马很轻松。这条路宽阔，路面结实，就跟雄鸡描述的一样。太阳升起来了，在温暖宜人的阳光的照耀下，雪很快就化了。

我们在路上骑马走着，拉博夫吹起了口哨，可能是为了不让自己去想疼痛的胳膊吧。雄鸡说："吹口哨的男人都该死！"他要想让口哨声停下，这么说话可不对。拉博夫反倒吹得更起劲了，以此表示对雄鸡的不屑。过了一会儿，拉博夫从口袋里掏出一支口簧琴，调了调音。他吹起了小提琴的调子，吹前还会报一下曲目的名字。"《士兵的喜悦》。"他吹了起来。"《低洼地里的约翰尼》。"他接着吹了起来。"《一月八日》。"他又吹了起来。听起来像同一首曲子。拉博夫说："科格本，你有什么特别想听的曲子吗？"他故意想惹科格本发火。雄鸡没搭理他。随后，拉博夫吹了几段吟游诗人的曲子之后，才收起了这件乐器。

过了几分钟，拉博夫问了雄鸡一个问题，是关于雄鸡鞍鞘里那两把大左轮手枪的。他问道："你带着这两把枪上的战场吗？"

雄鸡说："我很久以前就有了。"

拉博夫说："我猜你是骑兵。"

雄鸡说："我不记得他们是怎么称呼那支部队的了。"

"我之前也想成为一名骑兵。"拉博夫说，"可是，我年纪太小，还没有自己的马。我一直很遗憾。我是十五岁生日那天参军的，经历了内战的最后六个月。我的母亲当时哭了,因为我的几个哥哥在战争一爆发时便应征入伍了,已经三年没有回家了。我在部队里被安排进了军需处,在什里夫波特负责为柯比·史密斯将军清点牛肉和袋装燕麦。那不是战士应该做的事情。我想离开跨密西西比部队,到东部去见识一下真正的战争。直到最后,我才得到一个机会,当时军需官伯克斯少校被调往弗吉尼亚部队,我便跟着他去了。我们一行二十五人,抵达之后赶上了五岔口战役和彼得斯堡战役,然后内战就结束了。我一直很遗憾,未能加入斯图尔特、福里斯特、谢尔比和厄尔利等将军的骑兵部队,与他们并肩作战。"

雄鸡什么都没有说。

我说:"好像给你六个月也够用了。"

拉博夫说:"不够,听起来好像有些自负,甚至有些荒唐,但真的不够。我听到南方军投降的消息,感觉很失落。"

我说:"我父亲说,他能回家很高兴。他差点死在回家的路上。"

拉博夫又对雄鸡说:"很难相信有人会忘记自己在内战时服役的地点。你还记得自己是哪个部队的吗?"

雄鸡说:"他们都管我们叫子弹部队。我在那里服役四年。"

"我觉得你有些瞧不上我,是不是,科格本?"

"你要是闭上嘴,我都不会瞧你。"

"你对我有误会。"

"我不喜欢这样聊天,就像老女人拉家常一样。"

"史密斯堡有人告诉我,你曾经参加过匡特里尔的边境游击队。"

雄鸡没有作声。

拉博夫说:"我听说他们根本不是战士,而是杀人越货的盗匪。"

雄鸡说:"我听说过。"

"我听说他们在堪萨斯州的劳伦斯杀害妇女儿童。"

"我也听说了。都是该死的鬼话。"

"你当时在场吗?"

"哪里?"

"劳伦斯大屠杀。"

"关于这件事有很多谣传。"

"他们是不是无差别地杀害士兵和平民,还放火烧城?你承不承认?"

"我们没逮到吉姆·莱恩[1]。老兄,你在哪个部队?"

"我最开始在什里夫波特,跟着柯比·史密斯——"

"是,我听你讲过了。你是哪一边的?"

"我在北弗吉尼亚军团,科格本,我说这些话时可以昂首挺胸。你现在大可笑话我。你肯定觉得这个女孩玛蒂牙尖嘴利,要在她面前

---

[1] 即詹姆斯·莱恩,南北战争时期出任议员和联邦将军,反对奴隶制扩张,被南方军仇视。

做做戏。"

"真的跟老女人拉家常一样。"

"对，就是这样。把我在这个女孩眼里的形象弄得跟个傻子一样。"

"我觉得她对你的认识本来就挺清晰的。"

"你误会我了，科格本，而且我也不喜欢你这种谈话方式。"

"这就不用你操心了。匡特里尔上尉的事情你也少管。"

"匡特里尔上尉！"

"你最好少提这件事，拉博夫。"

"什么上尉？"

"你要是想打一架，我奉陪。要是不想打架，就给我闭嘴。"

"还匡特里尔上尉！"

我骑马来到他们中间，然后说："我一直在想一件事，你们来听听。盗匪一共六个人，还有两个偷牲口的贼，可是那个小屋里只有六匹马。这件事该怎么解释？"

雄鸡说："他们只需要六匹马。"

我说："对，可是那六匹马还包括穆恩和昆西的两匹。所以他们只偷了四匹马。"

雄鸡说："他们会把另外两匹马也骑走，晚些时候再换。他们以前也这样干过。"

"那么穆恩和昆西骑什么呢？"

"他们从跑累的六匹马里找。"

"哦。我把它们给忘了。"

"换这一次马也就几天而已。"

"我在想,幸运星内德·佩珀可能在计划杀掉那两个盗马贼。这样做很奸诈,但是这样他们就不能告发他了。你们觉得呢?"

"不对,内德不会那么做。"

"为什么不会?昨晚,他和手下穷凶极恶的盗匪还在'凯蒂·福莱尔'号列车上杀害了一个司炉和一个货运职员。"

"内德不会随便杀人。他杀人要有合理的理由。"

"你爱怎么想就怎么想。"我说,"我觉得他就是有出卖手下的打算。"

早上十点左右,我们抵达 J. J. 麦卡莱斯特的商店。店里的人都出来看尸体,眼前是这般恐怖的景象,人群中一阵惊呼,众人窃窃私语。冬日清晨的阳光明媚耀眼,反而把气氛烘托得更加阴森。那天肯定有集市开放,因为店门口停着好几辆马车,还拴着几匹马。店后面就是铁路轨道。那里除了这家店,只有很少的几处丑陋的圆木建筑,如果我没弄错,这在当时已经是乔克托部落最好的几个镇子之一了。这家店现在属于俄克拉何马州的现代化小城麦卡莱斯特,在这里,很久以来都有"煤炭为王"的说法。麦卡莱斯特还是彩虹少女社团的国际总部。

当时那里还没有真正意义上的医生,不过有一个年轻的印第安人,他接受过一些医疗培训,能接骨,会处理枪伤。拉博夫便去找他治疗。

我跟着雄鸡去找他相识的一个印第安警察,乔克托轻骑兵的布茨·芬奇队长。这些警察只负责处理印第安人的犯罪案件,如果有白人涉案,轻骑兵就无权处理了。我们在一间小木屋里找到了队长。他坐在火炉旁的一个箱子上,正在理发。他身材修长,年龄与雄鸡相仿。他和那个印第安人理发师对我们抵达时引起的骚乱丝毫不在意。

雄鸡来到队长身后,双手同时捏了捏他的肋下,说:"布茨,别来无恙?"

队长被吓了一跳,正要伸手去掏手枪。然后他看清了对方的模样,便说:"哎呀,我的天哪,雄鸡。什么风把你吹到这个镇上了?"

"这是个镇子吗?我还以为出镇子了呢!"

芬奇队长听着雄鸡的嘲讽,哈哈大笑。他说:"这是要办瓦戈纳中转站的案子吧,你来得可真够快的。"

"确实是为此而来。"

"犯案的是小个子内德·佩珀和其他五个人。我猜你应该知道了。"

"是的。他们抢了多少钱?"

"斯莫尔伍德先生说他们从保险箱里抢走了一万七千美元现金和一包挂号信。他还没统计过乘客被抢的总金额。恐怕你来也找不到什么线索。"

"你最后一次见到内德是什么时候?"

"我听说他两天前路过这里。他和阿泽,还有一个骑着圆肚子花斑小马的墨西哥人。我没亲眼见到他们。他们不会沿这条路返回的。"

雄鸡说:"那个墨西哥人是墨西哥佬鲍勃。"

"是那个年轻人吗?"

"不是,是年长的那一个,从沃思堡来的墨西哥佬鲍勃。"

"我听说他在丹尼森受了严重的枪伤,之后才有所收敛。"

"鲍勃很难缠,不会坐下等着挨枪子儿。我在找另外一个人。我觉得他应该和内德在一起。他个子不高,脸上有一块黑斑,背着一把亨利式步枪。"

芬奇队长想了想,然后说:"没有这个人,我了解到的消息是只有三个人。阿泽、墨西哥人和内德。我们正在监视他女人的房子。这完全是浪费时间,也不关我们的事,不过我还是派了个人过去。"

雄鸡说:"确实是浪费时间。我知道内德在哪里。"

"是吧,我也知道他在哪里,但是需要上百位警官才能把他从那里揪出来。"

"不用那么多。"

"用不了那么多乔克托人。八月那次法警聚会一共有多少人来着?四十个?"

"差不多五十个。"雄鸡说,"乔·施密特负责筹办的,办得一团糟。这次由我负责。"

"我很奇怪,警长竟然会放你来追凶,而且还没派人来监督。"

"这次他可管不着了。"

芬奇队长说:"我可以带你过去,雄鸡,还可以教你怎么把内德引出来。"

"现在行吗?好吧,有个印第安人吵得我心烦。你不觉得吗,加斯帕拉古?"

加斯帕拉古是那个理发师的名字。他伸手捂住嘴,哈哈大笑起来。加斯帕拉古还是一种味道不错的鱼。

我和队长说:"你可能想知道我是谁。"

"是的,我刚才还在想呢。"他说,"还以为你是一顶会走路的帽子。"

"我名叫玛蒂·罗斯。"我说,"那个脸上有黑斑的人叫汤姆·钱尼。那人在史密斯堡枪杀了我的父亲,还抢走了他的东西。当时,钱尼喝醉了,而我的父亲手无寸铁。"

"真是遗憾。"队长说。

"等我们抓到他,就会用棍子狠狠揍他一顿,逮捕他,把他押回史密斯堡。"我说。

"祝你好运。我们可不希望他来。"

雄鸡说:"布茨,我需要你帮个小忙。我干掉了阿泽和一个年轻人,还有埃米特·昆西和穆恩·加勒特,尸体就在外面。我有点急事,你能不能帮我把他们给埋了。"

"他们死了?"

"都死了。"雄鸡说,"法官怎么说的来着?善恶终有报。"

芬奇队长扯掉脖子上理发用的盖布。他和理发师同我们一道来到拴马的地方。雄鸡给他们讲了小屋里发生的事情。

队长抓起每具尸体的头发,辨认死者的身份,看到认识的面孔,就会哼一声,说出名字。阿泽没有头发可抓,芬奇队长就拽着耳朵把他的头抬起来。我们了解到,那个男孩叫比利。警长告诉我们,他的父亲在南加拿大河畔经营一家蒸汽锯木厂,家里还有一大帮孩子。比利是家里几个年龄大的孩子之一,之前一直帮父亲切割木材。此前从未听说过这个男孩有前科。至于另外三具尸体,队长也不知道有没有人会来认领。

雄鸡说:"好吧,你先存着比利的尸体,等他的家人来认领,把其他三具尸体埋了。我会在史密斯堡公示他们的名字,如果有人要认领,就过来把尸体刨出来。"然后,他来到那几匹马身后,拍了拍它们的屁股。他说:"这四匹马是从伯林盖姆先生那里偷来的。这边的三匹分别属于阿泽、昆西和穆恩。布茨,你想办法处理一下,卖掉马鞍、枪和衣服,卖的钱我们分了。这样公平吗?"

我说:"你答应过穆恩,卖掉他的随身物品,把卖的钱寄给他的哥哥。"

雄鸡说:"我忘了他说寄到哪里去。"

我说:"得克萨斯州奥斯汀南部卫理公会负责人。他的哥哥名叫乔治·加勒特，是一位牧师。"

"是奥斯汀还是达拉斯？"

"奥斯汀。"

"我们还得确认。"

"是奥斯汀。"

"那好吧，帮队长写下来。布茨，给那个人寄十美元，跟他说，他的弟弟被捅死了，埋在这里。"

芬奇队长说："你离开的时候会经过伯林盖姆先生家吗？"

"我没时间。"雄鸡说，"你要是愿意，我想让你帮忙传句话。让伯林盖姆先生知道是雄鸡科格本副警长帮他找回马匹的。"

"你要这个戴帽子的女孩帮忙记下来吗？"

"我觉得努力记一下也能记住。"

芬奇队长把几个在旁边看着我们的年轻印第安人叫过来。我猜他们在用乔克托方言交流，商量如何处理这些马，如何埋葬尸体。他厉声跟他们讲了两遍，他们才开始动手处理那些尸体。

铁路公司的代表是个岁数比较大的男人，名叫斯莫尔伍德。他赞扬了我们的勇气，看到我们追回的几袋子现金和贵重物品，非常高兴。你可能会觉得雄鸡连死人的东西都不放过，但是我要告诉你，这些拿枪威胁"凯蒂·福莱尔"号列车乘客抢来的钱，他一分都没有动。斯莫尔伍德查看了赃物，称这样能够挽回一些损失，不过根据他的经验,有些受害者肯定会夸大自己损失的金额。

他私下里认识那位遇难的职员,称赞那个人多年来一直是密苏里—堪萨斯—得克萨斯铁路公司的忠诚员工。那位职员年轻时,曾是堪萨斯远近闻名的竞走选手。终其一生,他都表现出无畏的精神。斯莫尔伍德和那位司炉没有个人交情。他说,虽然经济不景气,公司营收下降,但他们还是会给两位遇难者的家庭一些补偿。他们都说杰伊·古尔德[1]根本没有良心!斯莫尔伍德还承诺,只要雄鸡剿灭幸运星内德·佩珀那一伙盗贼,夺回被抢走的资产,铁路公司肯定不会亏待他。

我建议雄鸡要斯莫尔伍德就此写一份书面声明,另外还要一张收据,分项列出两袋赃物的内容,并记下接收日期和时间。斯莫尔伍德担心给公司揽下太多责任,但我们还是让他开了一张收据和一份声明,说明雄鸡在那一天交付两具死尸,"据他所述,两人生前参与了抢劫"。我相信斯莫尔伍德是位绅士,但是绅士也是人,有时记性也不太好。亲兄弟也要明算账。

那家店的主人麦卡莱斯特先生是阿肯色人,人很好。他也称赞了我们的行为,给我们准备了毛巾、热水和一种闻起来有甜味的橄榄香皂。他的妻子为我们准备了丰盛的乡村大餐,还有新鲜的脱脂奶。拉

---

[1] 早期美国铁路开发商和投资人,是那个时代最富有的人之一,有强盗贵族的名声,经常遭人憎恨和辱骂。

博夫和我们一起享用了这顿丰盛的午餐。那位接受过医疗培训的印第安人取出了所有大块碎木和铅弹碎片，把他的胳膊牢牢地固定住。拉博夫的胳膊自然还很僵硬、酸痛，不过这个得克萨斯人还是苦中作乐，能稍微用一下胳膊。

我们吃过饭，麦卡莱斯特先生的妻子问我是否愿意在她的床上休息一会儿。我非常想去，却看穿了背后的阴谋。我注意到雄鸡在桌上和她窃窃私语，猜到他又想把我甩掉。"谢谢你，夫人，我不累。"我说。这是我这辈子撒过最夸张的谎！

我们没有立刻启程，因为雄鸡发现他的马丢了一个前掌。我们来到铁匠铺，等待钉马掌的时候，拉博夫开始修理夏普斯步枪破损的枪托，用铜线缠到上面。雄鸡不打算在这里停留太长时间，就催促铁匠加快速度。他知道有一帮法警都对幸运星内德·佩珀的团伙虎视眈眈，可能已经开始在树林里搜寻了，他要抢到这些人前头。

他对我说："姑娘，现在这个时候，我必须加快速度。从这里到我要去的地方，需要骑一天的马，会很辛苦。你就留在这里，麦卡莱斯特夫人会照顾好你。明天或者后天，我就能带着你要的人回来。"

"不，我要一起去。"我说。

拉博夫说："她都走到这一步了。"

雄鸡说："已经走得够远了。"

我说："你觉得我会在如此接近目标的时候退出吗？"

拉博夫说:"她的话有些道理,科格本。我觉得她的表现不错,可以说,她有自己的过人之处。我是这么看的。"

雄鸡抬手打断拉博夫:"好啦,别说了。我的想法已经说了。不要再说过人之处之类的废话了。"

大概正午时分,我们离开了小镇,向东略偏南的方向行进。雄鸡说行程艰苦,确实没错。一开始,体形高大的波一路甩开了两匹小马,但是它体重大的劣势渐渐显现出来,又走了几英里,小黑和长毛小马便追了上来。我们就这样骑马跑了四十分钟,然后下马走了一段,也让马匹休息了一下。我们正走着,一个人呼喊着骑马追了上来。我们在一片大草原上,远远便看到他骑马而来。

来者是芬奇队长,他给我们带来一个令人兴奋的消息。我们刚离开麦卡莱斯特家的店,他就得到消息说,奥都斯·沃顿从史密斯堡的地下监牢越狱了,就在今天清晨。

事情的经过是这样的:早饭过后不久,两个模范囚犯抬进来一桶干净的木屑,放在污秽地牢的痰盂里使用。地牢很黑,警卫一不留神,那两个囚犯就把沃顿和另外一个死刑犯装进了桶里。两人都身材瘦小,体重很轻。然后,那两个囚犯把两人抬到牢外,让他们重获自由。光天化日之下,用一个大桶越狱!真是聪明的把戏!那两个囚犯也和杀人犯一起逃走,他们冒着这么大的风险犯事,很可能拿到了不菲的酬金。

听到这个消息，雄鸡既不愤怒，也没有任何焦虑的表现，反而有几分愉悦。你或许会觉得奇怪。这自有其理由：其一，现在沃顿肯定得不到海斯总统的减刑机会了；其二，沃顿这次越狱之后，古迪律师在华盛顿肯定极为懊恼，还会损失一大笔费用，因为如果委托人自己解决了问题，便往往会拖着不付律师费。

芬奇队长说："我觉得最好让你知道这个消息。"

雄鸡说："感谢，布茨。感谢你骑马跑这么远。"

"沃顿肯定会来找你。"

"找不到我算他运气好。"

芬奇队长看了一眼拉博夫，然后对雄鸡说："这就是射中内德胯下马的那位吗？"

雄鸡说："是的，这位就是来自得克萨斯州埃尔巴索的著名坐骑杀手。他的目标就是让所有人步行，这样就可以限制他们作恶。"

拉博夫白皙的脸涨得通红。他说："当时光线不好，而且我毫无准备，没时间找架枪的位置。"

芬奇队长说："你大可不必为那一枪道歉。也没几个人打中过内德。"

"我没有道歉。"拉博夫说，"我只是解释一下当时的情况。"

"雄鸡就有好几次没打中内德的经历，连马都没打中。"队长说，"我估计他这次又要走上打不中内德的老路了。"

雄鸡举着一个酒瓶，里面只剩一点威士忌。他说："你就那么想吧。"他三口喝光威士忌,把瓶塞塞回去,把瓶子扔到空中。他抽出左轮手枪,向酒瓶开了两枪,都没打中。酒瓶落到地上,滚了几圈,雄鸡又开了两三枪,才打碎了瓶子。他掏出弹药袋,再次给手枪填充弹药。他说:"那个中国人又卖劣质弹药给我。"

拉博夫说:"我还以为是阳光影响了你双眼的视线呢,应该说你的独眼。"

雄鸡手一甩,把左轮手枪的弹仓合上。"你有一双眼是吧?我就让你见识见识!"他从马鞍上的行李袋里扯出那袋玉米烤饼,拿出一个,扔到空中,开了一枪,但是没打中。然后,他又扔了一个,这回打中了。玉米烤饼在空中炸开了。他得意扬扬,便从行李袋里拿出一瓶没开封的威士忌,赏了自己几口酒。

拉博夫掏出一把左轮手枪,从袋子里拿出两个玉米烤饼,同时扔到空中。他飞快地开了两枪,但只打中一个。芬奇队长也试着同时打两个,但全打偏了。然后他试着打一个,这回打中了。雄鸡打两个,中了一个。他们就这样喝着威士忌,用去了大概六十个玉米烤饼。他们用左轮手枪都没能一下打中两个,不过芬奇队长最后用他的温彻斯特连发步枪成功了一次,玉米烤饼是其他人扔的。这场比试起初显得有趣,但终究是无聊的把戏。我越来越不耐烦了。

我说:"够了,我已经受够了。我已经准备好出发了。在这片草原上射击玉米烤饼对我们没有任何帮助。"

这时，雄鸡已经换了步枪，让队长帮他扔玉米烤饼。"这次扔高一点，别扔太远。"他说。

终于，芬奇走了，沿原路返回。我们则向东继续前行，目的地是旋梯山。那个愚蠢的射击游戏浪费了我们大半个小时，更糟糕的是，雄鸡又开始喝酒了。

他骑马时也没停下喝酒，看起来还挺有难度的。我倒也不是说喝酒使他速度变慢了，但他确实像喝傻了一样。为什么会有人希望变傻呢？我们继续快马加鞭，在马上颠了四五十分钟，然后下马走了一段。走路那段时间或许能让马得到休息，但我觉得这更是让自己放松休息的好机会。我从来都没想过要当牛仔！小黑倒是丝毫没有疲态。它呼吸均匀，精神抖擞，在开阔地里，决不让拉博夫的长毛马跑到自己前面。没错，它就是这么好胜的一匹小马！

我们骑马大步走在广阔的大草原上，翻过一座座树木繁茂的石灰岩小山，穿过灌木丛，蹚过冰冷的小溪。积雪在阳光的照耀下基本都已融化，但是，黄昏与灿烂的紫霞相伴，在地面映衬出长影，气温骤降。我们长途跋涉，身上很热，一开始感觉夜间寒冷的空气还挺好的，但等我们放慢了速度，感觉就没那么舒服了。天黑之后，我们就放慢了骑行的速度，因为跑得太快对马太危险了。拉博夫说，得克萨斯骑警为了躲过白天的烈日，经常夜里赶路，现在这些对他而言小菜一碟。我不是太喜欢夜里赶路。

我也不喜欢深一脚浅一脚地爬过旋梯山的陡坡。这些小山上松木茂盛,我们在格外暗的森林里上坡又下坡。雄鸡两次叫停,下马探路。他已经醉了。后来,他开始自言自语,我听见他说:"唉,我们已经竭尽所能了。我们当时在打仗,只有左轮手枪和马。"我猜他还在介意拉博夫之前说他服役的刻薄话。他的声音越来越大,但是没有人知道他是在自言自语,还是在和我们说话。我觉得二者皆有。我们在爬一个长坡时,他摔下了马,但很快又站了起来,重新上马。

"我没事,没事。"他说,"波脚下绊了一下,仅此而已。他累了。这个坡不算什么。我爬过更陡的坡,当时还扛着铁炉和猪肉。我在一条坡度跟这个坡差不多的盘山路上丢过十四扇猪肉,可老库克眼睛都没眨一下。我赶牲口群特别拿手,我能和骡子交流,但是和牛就不行。牛反应太慢,跟骡子不一样。它们启动慢,转身慢,停下来也慢。我花了些时间才明白这一点。当时那里的猪肉价格高上了天,但是老库克是个良心商人,给了我批发价。是的,他给的报酬也很丰厚。他自己赚钱,也乐意让他的帮手赚钱。我来告诉你他赚了多少。靠那些货车,他一年赚了五万美元,可惜他身体不好,经常病倒。他驼背,因为经常喝牙买加姜汁酒,脖子总是僵硬疼痛。他只能像这样隔着头发看你,除非他躺着,我也说过,这个有钱的家伙经常病倒。他有一头浓密的棕发,到死也一直保持得很好。当然,他去世时还年轻,只是面相老。他肚子里有一条二十一英寸长的绦虫,再加上生意太忙，这才显老。他最后也因此死去。他至死也不知道肚子里有绦虫，尽管他跟农场工人一样饭量大，每天要吃五六顿饭。如果他现在还活着，我应该还在那里为他工作。是的，我知道自己会的，那样我也很可能在银行里存了钱。他的老婆接手生意之后，我就得跑路了。她说：'雄鸡，你不能只留下我一个人。所有车夫都离开了我。'我对她说：'你看我的吧。'可是不行，我没准备好为她工作，也对她直说了。女人都不大气。她们只想着进不想出，对人也不信任。老天哪，她们是多么不愿给你付工资啊！她们会让你干两个人的活，我猜要是可以的话，还会拿鞭子抽你。不行，我可干不了。这辈子都不行。男人不能给女人干活，除非他的脑子是一团糨糊。"

拉博夫说："我在史密斯堡就跟你说过。"

我不知道这个得克萨斯人是不是在说我，就算是，我也权当耳旁风。醉鬼的话不能太较真。即便雄鸡酒后醉言，我也知道他批评的那种女人不包括我，我可是给了他很好的报酬的。我只需要问一句，就能让他当场下不来台："那我呢？我给你的二十五美元呢？"但是我没力气，也没心情和一个醉鬼争吵。你遇到傻子能怎么办呢？

我以为我们会不停地走下去，感觉都快走到亚拉巴马州的蒙哥马利市了。拉博夫和我会不时打断雄鸡，问他还要走多远，他会回答说："不远啦。"然后，他就会从人生的漫长历险故事中再挑选一章讲起来。他一生经历过不少冲突。

最后我们终于停了下来,雄鸡只说了一句:"我记得走到这里就行了。"已经是后半夜了,我们来到山上的一片松林里,找到的那块露营地还算平坦,我也只能判断出这些。我累坏了,浑身僵硬,脑子已经不转了。

雄鸡说,他估算我们走了五十英里——五十英里!我们从麦卡莱斯特家的店出发,如今来到距离幸运星内德·佩珀匪帮大本营仅四英里的地方。雄鸡用野牛皮袍子裹住身体,倒头便睡,留下拉博夫一个人照料马匹。

那个得克萨斯人用水壶给马喂了水,又给它们喂了吃的,然后拴上。他把马鞍留在马背上,帮它们保暖,但是把腹带松开了。这些可怜的马儿累坏了。

我们没有生火。我匆匆吃了一些培根和松饼三明治当晚餐。松饼已经很硬了。地上零星的积雪下面有一层松针,我用手拢了一大堆,用作林地床垫。这些松针有些脏,带尖儿,还有些潮湿,但这已经是我在整个旅程中见过的最好的床垫了。我裹上毯子和雨衣,躺进了松针床里。那是一个晴朗的冬夜,我透过松树枝,认出了北斗七星和北极星。月亮已经落山了。我背疼,脚已经肿了,感觉精疲力竭,双手不停地颤抖。双手慢慢停止了颤抖,我很快便进入了梦乡。

七

　　第二天早上，东边的太阳还没越过山头，雄鸡便开始走来走去了。骑马赶路辛苦异常，喝下的酒也不少，睡眠也不足，可他的精神似乎一点都没受影响。他倒是坚持要喝咖啡，用橡树枝生了一小堆火，烧起了开水。火堆几乎没有冒烟，小缕的白烟很快就消散了，但是拉博夫认为，目标近在咫尺，生火烧水是愚蠢的放纵行为。

　　我感觉刚闭上眼就醒了。水壶里的水不多了，他们不让我拿来洗漱。我便拎起帆布水桶，把左轮手枪扔进桶里，准备下山去找一眼泉水或一条流动的小溪。

　　山坡起初平缓，过了一段，突然变得陡峭起来。林木越来越浓密，我要抓住灌木，才能慢慢下山。我快到山脚时，还在发愁怎么爬山回去，忽然听到水花飞溅和马打响鼻的声音。我心想：怎么回事！

然后我便来到溪边的一片空地上，对岸有个男人，正在饮马。

不是别人，正是汤姆·钱尼！

你肯定能想象，我看到那个矮胖杀人犯时表现出的震惊。马匹弄出的声音很大，所以他还没看见我，也没听到有人走近。他的步枪用棉绳斜挎在背后。我想转身逃跑，身子却动弹不得，呆呆地定在原地。

这时他看到了我。他一惊，马上拿起枪对准我，隔着小溪端详着我。

他说："嗯，我认识你。你叫玛蒂，负责记账的小玛蒂。可真厉害啊。"他咧嘴笑着，又随手把步枪挂到肩上。

我说："是的，我也认识你，汤姆·钱尼。"

他说："你在这里做什么？"

我说："我来取水。"

"我是说你在这片山上做什么？"

我伸手从桶里拿出那把龙骑兵左轮手枪，然后扔掉水桶，双手握枪。我说："我来这里抓你回史密斯堡。"

钱尼大笑着说："我不回去，你又能怎样？"

我说："山上有一队警官，他们会逼你回去。"

"这倒是个有趣的消息。"他说，"山上有多少人？"

"五十个左右，都荷枪实弹，准备动真格的。现在你给我离开那些马，蹚过小溪，我把你押上山。"

他说:"我想我还是劳烦那些警官下来抓我吧。"他动手把马匹聚拢在一处。一共有五匹马,但是里面没有爸爸的坐骑朱迪。

我说:"你要是拒不听令,我就开枪了。"

他继续忙着自己的事,一边说:"哦?那你最好先拉下撞锤。"

我忘了还有这件事,赶紧用两手的拇指拉下撞锤。

"用力拉,要拉到底才行。"钱尼说。

"我知道怎么弄。"我说。我拉好了撞锤,然后说:"你确定不跟我走吗?"

"我想还是不要了。"他说,"相反,我要让你跟我走。"

我用左轮手枪对准他的肚子,一枪把他打倒。后坐力猛地把我向后推,我失去了平衡,手里的手枪也飞了出去。我立刻把枪捡起来,站起了身。子弹击中了钱尼的侧身,他只能靠到一棵树上,半坐着。我听到有人在叫我,不知道是雄鸡还是拉博夫。"我在下面。"我应道。钱尼那边的山上也有一个人喊了一声。

钱尼双手捂住伤口,说:"我没想到你会开枪。"

我说:"现在想到了吧?"

他说:"我断了一根肋骨,一喘气就疼。"

我说:"我的父亲要帮你,你却杀了他。你从他身上偷走了两块金币,一块已经在我手里了,把另一块还给我。"

"我也后悔当时开了枪。"他说,"罗斯先生对我很好,但他不该掺和我的事。我当时喝了酒，完全失去了理智。我做什么都不顺。"

山上又传来一阵阵喊声。

我说："胡说，你就是个垃圾，仅此而已。他们还说你在得克萨斯州杀了一位参议员。"

"那个人威胁要杀我。我只是自卫。做什么都不顺。现在又让一个孩子给打伤了。"

"站起来，到小溪对岸去，否则我再给你一枪。我的父亲在你饥饿难耐的时候收留了你。"

"你得扶我站起来。"

"不，我不会帮你。你自己站起来。"

他迅速移动，抓住一块木头，我见状扣动了扳机，可是枪卡壳了。我又匆忙转动左轮，开了一枪，但又卡壳了。我还没来得及试第三枪，钱尼就挥起了那根重木头，砸到我的胸口，把我打翻在地。

他蹚过小溪，扯着我的衣服，把我拎起来，然后开始扇我的嘴巴，还不停地咒骂我和我的父亲。这个杂种本性暴露了，情势一变，他立马从哭哭啼啼的可怜虫变成恃强凌弱的恶霸。他把我的左轮手枪插到枪带上，拖着我踉踉跄跄地走过小溪。那些马受了惊，到处乱窜，他一只手抓住两匹马的笼头，另外一只手抓着我。

我听到雄鸡和拉博夫从身后的树林一路冲下来，呼唤着我的名字。"在下面！快点！"我喊道。钱尼松开我的外套，腾出手又狠狠地给了我几巴掌。

小溪两岸的坡都很陡。两位警官从一侧跑下山时,钱尼的盗匪朋友也正从另一侧跑下来,于是两拨人同时冲向了这条山谷间的小溪。

最终,匪帮的脚力更快。他们有两个人,有一个身穿"羊皮套裤"的小个子,我想定是幸运星内德·佩珀。他仍然没戴帽子。另外一个个子高一些,衣着光鲜,穿着一件亚麻西服,套了一件熊皮外套,帽绳紧紧地系在下巴下面。他就是那个墨西哥赌徒,自称土著墨西哥佬鲍勃。他们突然出现在我们面前,用温彻斯特连发步枪疯狂向小溪对岸射击。幸运星内德·佩珀对钱尼吼道:"牵上手里的马,快走!"

钱尼听从他的命令,拖着我,牵着马便跑。坡很难爬。幸运星内德·佩珀和那个墨西哥人断后,一边与雄鸡和拉博夫交火,一边试图牵住其他几匹马。我听到一位警官跑进小溪里,溅起了水花的声音,接着就听到他在一阵枪声中后撤。

钱尼拖着我和两匹马跑了三四十码,就累得停下来喘粗气。血从他的衬衫里透了出来。这时幸运星内德·佩珀和墨西哥佬鲍勃也追上了我们。他们也牵了两匹马。我猜还有一匹马逃跑了或被打死了。两匹马的缰绳被交到钱尼手里,幸运星内德·佩珀对他说:"上那座小山,中途别停!"

这个匪首粗暴地扯住我的胳膊。他问:"下面都有谁?"

"科格本法警和其他五十位警官。"我说。

他像一只狗晃老鼠一样用力晃着我。"再骗我,我就打烂你的脑袋!"他的上嘴唇缺了一块,说话漏风,会发出啸声。他还掉了三四颗牙齿,就算这样,他的话还是表达得很清楚。

我仔细思索了一番才说:"只有科格本警官和另外一个人。"

他把我摔在地上,一只脚踩住我的脖子,一边从弹药带上取出子弹,给步枪填充了弹药。他高喊道:"雄鸡,你听见我说话了吗?"没人回答。那个墨西哥佬跟我们一起站在那里,朝山下开了一枪,打破了沉默。幸运星内德·佩珀继续喊道:"回答我,雄鸡!我要杀了这个女孩!你知道我干得出来!"

雄鸡在山下应道:"这个女孩跟我一点关系都没有!她是从阿肯色家里逃出来的!"

"那正好!"幸运星内德·佩珀说,"你是要我杀了她吗?"

"随你的便,内德!"雄鸡应道,"对我来说,她只是个走丢的孩子!你自己想清楚。"

"我已经想清楚了!你和波特立刻上马走人!让我看到你们骑马上了西北方向那座光秃秃的山脊,我就放了这个女孩!你只有五分钟!"

"时间不够!"

"就这么多时间!"

"很快就会有一队法警过来,内德!把钱尼和这个女孩交给我,我就帮你拖六小时!"

"别废话,雄鸡!我不信你的鬼话!"

"我帮你打掩护,拖到天黑!"

"五分钟时间已经不多了!少废话!"

幸运星内德·佩珀把我拽了起来。雄鸡再次喊话:"我们这就离开,但是你得给我们一点时间!"

这个匪首没有回应。他擦去了我脸上的雪和泥,对我说:"你能不能活命全看他们了。我从来没杀过女人和十六岁以下的孩子,但万不得已时,我也会动手。"

我说:"这里好像有些误会。我是玛蒂·罗斯,来自阿肯色州的达达尼尔附近。我们家有自己的产业,我也不知道为什么会被如此对待。"

幸运星内德·佩珀说:"你只要知道,我在万不得已时会动手。"

我们向山上走去,走了没多远,就碰见一个盗匪,装备着猎枪,蹲伏在一大块石灰岩后面。这个盗匪名叫哈罗德·佩玛利。我感觉他有些弱智。他冲着我学火鸡叫,一直到幸运星内德·佩珀让他闭嘴才停下来。墨西哥佬鲍勃被安排留下来,与哈罗德一起躲到石头后面,观察下面的情况。我在那个小屋附近见到这个墨西哥人被雄鸡打下马,可现在他又毫发无伤地站在这里。我们离开他们时,哈罗德·佩玛利又发出"咕咕咕咕咕——哈哈哈哈!"的声音,这次换成那个墨西哥佬让他闭嘴。

幸运星内德·佩珀押着我穿过灌木丛,也没有路可走。他的羊皮套裤来回摩擦,发出和灯芯绒裤子一样的声音。他个子很小却很结实,一看就不好对付,但是他的耐力不行,等我们来到这帮盗匪的老窝时,他就像个犯了哮喘的病人一样,喘着粗气。

他们的老窝设在山顶下方七十码左右的一块光秃秃的巨岩上。四面的松树十分茂密,也没有现成的路通向这个地方。

这块巨岩表面基本上是平的,只散布着几处深坑和裂痕。岩石上有一处岩洞,比较浅,做栖身用,我看到里面散落着一地的被褥和马鞍。洞口用来挡风的一块篷布已经卷了起来。马都被拴在树下的隐蔽处。巨岩上面风很大,洞口用来做饭的小火堆由一圈石头护着。从这里俯瞰,西部和北部的大片土地都尽收眼底。

汤姆·钱尼坐在火堆旁,汗衫被扯了上去,另外一个男人在照料他,在他的伤口上敷了一块布,然后用棉绳包扎好。那个男人用力系上棉绳,疼得钱尼呜咽起来,男人见状大笑起来,发出牛犊一样的叫声,嘲笑着钱尼。

这个男人就是哈罗德·佩玛利的弟弟法雷尔·佩玛利。他穿着一件长款的蓝色军外套,还配有军官肩章。哈罗德·佩玛利参与了"凯蒂·福莱尔"号列车的抢劫,当晚他们在佩玛利老妈家换马时,法雷尔也加入了这个匪帮。

佩玛利家的这个女人声名狼藉,专收盗窃来的牲口,却从未受到法律的制裁。在一次炸客运火车的恶行中,她的丈夫亨利·乔·佩玛利意外炸死了自己。这真是个犯罪渣滓之家！在她的几个小一点的儿子中，只有卡罗尔·佩玛利活得足够长，结果却被判电刑处死；之后不久，达里尔·佩玛利在阿肯色州的米纳城骑摩托逃跑时，被一名银行警探和一名巡警开枪打死。不要拿他们与亨利·斯塔尔或多尔顿兄弟做比较。斯塔尔和多尔顿兄弟也是抢劫犯，同样好勇擅斗，但是他们头脑并不简单，也没有丧心病狂。鲍勃·多尔顿和格拉·多尔顿兄弟曾在帕克法官手下任法警，而且据说鲍勃干得还不错。好人变坏！是什么诱使他们误入歧途的？比尔·杜林也和他们一样，是个误入歧途的牛仔。

钱尼看到幸运星内德·佩珀带着我爬上巨岩，跳起来便冲向我。"我要拧断你那骨瘦如柴的脖子！"他大喊道。幸运星内德·佩珀把他推到一边，说道："不行，我不同意。让医生去给马装上马鞍。法雷尔，你去帮忙。"

他把我推到火堆旁，说："坐到那里去，不要动。"他喘匀了气之后，从外套里掏出一个小望远镜，观察了一下西面的小石山。他什么都没有看见，就在火堆旁坐下，用罐子喝起了咖啡，又用手从平底锅里拿出培根来吃。火堆上烤了很多肉，烧了几罐东西，有的是清水，有的是煮好的咖啡。我估计山下枪响时，这帮盗匪正在吃早饭。

我说："我能吃几块培根吗？"

幸运星内德·佩珀说："请自便。喝点咖啡吧。"

"我不喝咖啡。有面包吗?"

"我们弄丢了。告诉我,你在这里做什么。"

我拿起一块培根,嚼了起来。"我很乐意讲给你听。"我说,"你会明白我是正义的一方。那个汤姆·钱尼在史密斯堡开枪打死了我的父亲,还抢走了他的两块金币,偷走了他的马。那匹马名叫朱迪,但是我没有见到它。我听说雄鸡科格本英勇无畏,便聘请他来寻找凶手。几分钟前,我在山下碰上正在饮马的钱尼。他不肯束手就擒,我就开枪打了他。我刚才要是能打死他,现在就不会落得如此地步。我的左轮手枪卡了两次壳。"

"左轮手枪就是这样的。"幸运星内德·佩珀说,"经常会让你难堪。"

然后他笑着说:"大多数女孩喜欢打扮,你却喜欢枪,是吧?"

"我对枪根本没兴趣,要不然我就会带上一把靠谱的了。"

钱尼正从洞里往外搬一堆铺盖。他说:"我遭到了伏击,内德。马打着响鼻,弄出很大的声响。一位警官打中了我。"

我说:"你怎么有脸瞎编?"

钱尼捡起一根棍子,插进岩石上的一条大裂缝中。他说:"那个坑里有一团响尾蛇,我要把你扔进去,看你还嚣张吗?"

幸运星内德·佩珀又拿起他的望远镜,看向西面的山脊。

"不,你不能这样做。"我说,"这位不会由着你胡来。他是你的老大,你得听他的。"

钱尼说："已经过去五分钟了。"

"我会稍微多给他们一点时间。"匪首说。

"还要等多久？"钱尼问。

"等到我觉得不用再等了。"

墨西哥佬鲍勃在下面喊道："他们走了，内德！我什么动静都听不到！我们还是赶紧转移吧！"

幸运星内德·佩珀应道："先稳住，再等一会儿！"

然后他便继续吃起了早饭。他说："昨晚伏击我们的是雄鸡和波特吗？"

我说："那个人不叫波特，叫拉博夫。他是来自得克萨斯州的一位警官，也在寻找钱尼，不过他对钱尼的称呼不一样。"

"就是他拿着猎杀野牛的枪？"

"他说那叫夏普斯步枪。他的胳膊在战斗中受伤了。"

"他打死了我的马。从得克萨斯来的人无权向我射击。"

"这我不清楚。我们家有一位很好的律师。"

"他们把昆西和穆恩抓走了吗？"

"他们都死了。场面很血腥，我当时也在场。你需要一位好律师帮你吗？"

"我需要一位好法官。阿泽呢？就是那个老家伙。"

"他和那个年轻人都被杀了。"

"我看见比利中枪,知道他死了。我还以为阿泽能逃过一劫。他是一条硬汉。我很替他感到惋惜。"

"你不为那个男孩比利惋惜吗?"

"他根本就不该出现在那里。我也帮不了他。"

"你怎么知道他死了?"

"我能看出来。我一开始不让他来,后来拗不过他才答应了,尽管我知道这不是他最好的归宿。你们怎么处置尸体的呢?"

"送去麦卡莱斯特家的商店了。"

"我给你讲讲他在瓦戈纳中转站的所作所为。"

"我的律师有些政治影响力。"

"你一定会觉得好笑。我安排他在远离危险的地方看着马,让他不时用步枪打几枪,吓唬一下乘客,让他们老实坐在座位上。一开始还行,后来我发现枪声停了,估计比利这个孩子跑回家喝妈妈炖的汤了。鲍勃前去查看情况,发现这个孩子站在暗处,完好无损的子弹壳不停地从枪里往外掉。他以为自己在射击,实则因为太害怕而忘了扣扳机。他就是这样一个新手,比七月的柿子还嫩。"

我说:"这个年轻人救了你的命,你却毫不感激。"

"他救了我,我很感激。"幸运星内德·佩珀说,"我没说他没胆量,只是说他是个新手。所有的小子都有胆量,但是真正的男人会保持镇定,保全自己。你看看老阿泽。好吧,他这回死了,但之前很多次都死里逃生。对,还有你的好朋友雄鸡也一样。"

"他不是我的朋友。"

法雷尔·佩玛利学他哥哥的样发出"咕咕"的怪叫:"他们到那边了!"

我朝西北方向望去,看到两人骑着马向那边的山脊爬去。他们把小黑牵在身后,没有人骑。幸运星内德·佩珀又拿起望远镜,我没有这样的工具,也看得清清楚楚。他们攀上了山脊,停了下来,转向我们的方向,雄鸡朝天开了一枪。我先看到了烟,随后才听到了枪声。幸运星内德·佩珀掏出左轮手枪,也开了一枪作为回应。然后雄鸡和拉博夫便消失在山后。我最后看到的只有小黑的背影。

直到那一刻,我才彻底弄清楚自己的处境。我没想到雄鸡和拉博夫会如此轻易地向匪帮屈服。我想象中的情景是,他们偷偷穿过灌木丛,趁匪帮立足未稳,对他们发起袭击,或者采用某些只有警探才懂的计谋,迫使匪帮就范。如今他们却跑了!警官抛弃了我!我灰心丧气,担心起自己的安危,满心焦虑。

怪谁呢?雄鸡科格本副警长!这个唠唠叨叨的醉鬼算错了距离,以为还有四英里,结果却把我们带进了劫匪的老窝。真是一名精干的警探!都怪他,他刚喝醉时,还给我的左轮手枪装上了劣质弹药,害得我开枪时卡了壳。这还不够,现在他又把我抛弃在荒郊野外,任由一群杀人不眨眼的匪帮处置。他们连同伴的生死都不顾,更加不会在意我这个无助又不受待见的孩子！他们史密斯堡的人管这叫英勇无畏？我们耶尔县可不是这样的！

幸运星内德·佩珀喊墨西哥佬和哈罗德·佩玛利离开哨岗，来大本营会合。四匹马已经装好了马鞍，整装待发。幸运星内德·佩珀望了望远山，又看向放在地上的那副多余的马鞍。马鞍有些旧，但很精致，用银箔装饰着。

他说："这是鲍勃的马鞍。"

汤姆·钱尼说："我丢的那匹马就是鲍勃的。"

"是你弄丢的。"匪首说，"把那匹灰马的马鞍卸掉，换上鲍勃的马鞍。"

"我要骑那匹灰马。"钱尼说。

"我对你另有安排。"

钱尼便听命去卸灰马身上的马鞍。他问："我和鲍勃骑一匹马？"

"不，要是有人追来，两人骑一匹马就逃不掉了。等我们到了老妈家，就派卡罗尔带一匹精力充沛的马来接你。我要你看住这个女孩，在这里等着，等到天黑再出发。我们'老地方'见。"

"我不喜欢这样的安排。"钱尼说，"让我和你骑一匹马走吧，内德，只要离开这里就行。"

"不行。"

"那些法警会杀回来的。"

"他们肯定以为我们都走了。"

我说:"我不要单独和汤姆·钱尼留在这里。"

幸运星内德·佩珀说:"我就这么安排了。"

"他会杀了我的。"我说,"你听到了他说的话。他已经杀害了我的父亲,现在你又要让他杀了我。"

"他不会做这种事的。"匪首说,"汤姆,你知道赛普里斯岔路口吧?就在那个木礼拜堂旁边。"

"我知道那个地方。"

"你带这个女孩过去,然后放了她。"

接着他又对我说:"你可以在那个礼拜堂过夜。小溪上游大约两英里的地方,住着一个名叫弗拉纳根的哑巴。他有一头骡子,可以带你去麦卡莱斯特家。他又聋又哑,但是识字。你会写字吗?"

"会。"我说,"现在就放我走吧,我可以步行。我自己能找到路。"

"不行,我不同意。汤姆不会伤害你。你听明白了吗,汤姆?要是伤到这个孩子,分钱就没你的份。"

钱尼说:"法雷尔,让我和你骑一匹马吧。"

法雷尔·佩玛利大笑起来,学了一声猫头鹰叫:"咕咕咕。"哈罗德·佩玛利和墨西哥佬鲍勃走了过来,钱尼便乞求两人搭上他。墨西哥佬鲍勃拒绝了。佩玛利兄弟两人凑到一起,就成了没头脑二人组,叽里咕噜的,也不回答钱尼。哈罗德·佩玛利学着猪、山羊和绵羊的叫声，不停地打断钱尼的请求；法雷尔则被逗得开怀大笑，起哄道："再学一个，哈罗德。学个山羊叫。"

钱尼说："我做什么都不顺。"

幸运星内德·佩珀又检查了一番，确认鞍袋的扣子已经系牢。

墨西哥佬鲍勃说："内德，我们先把战利品分了吧。"

"等到了'老地方'，有的是时间分。"匪首应道。

"我们的队伍已经残破不全。"墨西哥佬说，"我们损失了两个兄弟。要是我能拿着自己那份，肯定会心安一些。"

幸运星内德·佩珀说："鲍勃，要我说你最好别浪费时间。"

"用不了多长时间。这样我会感觉心安很多。"

幸运星内德·佩珀伸手从一个鞍袋里掏出四沓美钞，扔给了墨西哥佬鲍勃。"这回行了吗？"

墨西哥佬鲍勃说："你都不数数？"

"为一两美元吵架不值得。"然后他又扔给哈罗德·佩玛利一沓，又给了法雷尔·佩玛利一张五十美元的票子。两兄弟"哇哇哇哈哈！哇哇哇哈哈！"地欢呼起来。我好奇，这次抢了那么多钱，他们为什么不多要一些，不过我估计他们事先已经定好了这次抢劫的酬劳。另外，我判断他们对钱的价值也不太清楚。

幸运星内德·佩珀又系上了鞍袋。他说："汤姆，你那一份我先帮你存着。今晚到'老地方'再给你。"

钱尼说:"什么事都不顺。"

墨西哥佬鲍勃说:"那些挂号信呢?"

"那些挂号信怎么了?"幸运星内德·佩珀说,"难道里面有你的信吗,鲍勃?"

"要是信里装着钱,我们最好也现在分了。没道理带着那些信,说不好就成了罪证。"

"你还是不心安啊?"

"你多心了,内德。"

幸运星内德·佩珀想了想,然后说:"嗯,或许吧。"他又打开了鞍袋,从里面取出一个上了锁的帆布包裹,用巴洛刀割开,把里面的东西倒在地上。他咧嘴笑着说:"圣诞礼物!"当然,这本是圣诞节清晨孩子们呼喊的一句话,每个孩子都争着第一个喊出来。我没想到这些丑陋的盗匪也有童年,还以为他们从小就虐待猫狗,在教堂里不是睡觉,就是大声吵闹。当他们需要严厉的管教时,又没有人。都是老套的故事了!

帆布包里只有六七封信。有一些是私人信件,有一封里面装着二十美元,还装着一些看似合同之类的法律文件。幸运星内德·佩珀瞥了一眼,扔到一边。一个绑着彩带的灰色大信封里面装着一沓一百二十美元面额的票据,由得克萨斯州丹尼森威尔伯商业银行承兑。还有一个信封里装着一张支票。

幸运星内德·佩珀端详了一番，然后对我说："你认字吗？"

"当然！"我说。

他把支票递给我，问道："这张东西能用吗？"

那是一张由堪萨斯州托皮卡的格兰杰信托公司开的银行支票，收款人是马歇尔·珀维斯，支票金额为二千七百五十美元。看过之后，我便如实告诉了他。

"我能看懂上面的金额。"这个盗匪说，"我问的是它能用吗？"

"只要银行有钱就能用。"我说，"但是必须经由这个珀维斯签字。银行要确认付款账户没问题。"

"那这几张票据呢？"

我看了看那些票据，都是全新的。我说："没签字。签字之后才有用。"

"你能签吗？"

"必须由银行董事长威尔伯先生签字才行。"

"这个名字很难拼吗？"

"这个名字不常见，但也不难拼。名字就印在这里。这就是他的打印签名，得克萨斯州丹尼森威尔伯商业银行董事长，门罗·G.B.威尔伯。手写签名必须和这个对上。"

"我要你给签上。还有这张支票。"

我自然不愿用自己接受的教育为这些强盗服务，所以有些犹豫。

他说:"你要是不听话,我就扇你的耳光,把你扇晕为止。"

我说:"我没有可以用来签字的东西。"

他从弹药袋里掏出一枚子弹,又拿出那把巴洛刀。"我把上面的铅刮下来就可以了。"

"要用墨水签字才行。"

这时,墨西哥佬鲍勃说:"我们可以回头再弄,内德。这个太费时了。"

"我们就要现在弄。"匪首回应道,"是你要看这些信件的。这些纸只要签几个字就能值四千多美元。这个姑娘又恰好会写字。哈罗德,去那边垃圾堆里给我拔一根完整结实的火鸡毛,要干的、毛密的那种。"然后他用尖牙把弹头从弹壳里拔了出来,把黑火药倒在手掌里,吐了一口唾沫,用手指把黏糊糊的一团搅和了一通。

哈罗德·佩玛利拿回一把火鸡毛,幸运星内德·佩珀从里面挑了一根,用刀子削去了尖头,把小孔稍微撑大了一些。他把羽毛在"墨水"里蘸了蘸,在手腕上写下了自己的名字"内德",跟孩子写的字一样。他说:"你看吧,这就是我的名字,对吧?"

我说:"是的,是内德。"

他把羽毛递给我,说:"现在写吧。"

一块平坦的石头,铺上那些合同里的一份,就权当桌子用了。我写字时容不得马虎,竭力模仿了威尔伯先生的笔迹。但是,临时的笔和墨水不好用，笔画跳跃，时而很粗，时而很细，像是用棍子写出来的。我心想：谁会相信威尔伯先生会用棍子给支票签字呢？

但是，这个文盲匪首只通过瞄准镜打量过银行，除此之外，他对银行业没有丝毫了解，因此，他对我签的字很满意。我签啊签，把他的手掌当成了墨水瓶。这样签字很累，我签完一张，他就会抽走，然后再递过来一张。

他说："鲍勃，这些东西就跟黄金一样值钱。我要到科尔伯特店里换钱。"

墨西哥佬鲍勃说："我坚信，写在纸上的东西永远也不会像黄金一样值钱。"

"哼，该死的墨西哥人也就这么点见识了。"

"每个人都有自己的原则。让她快点。"

这项犯罪工作完成之后，幸运星内德·佩珀把票据和支票收进那个灰色的信封里，好好地放进了鞍袋中。他说："汤姆，我们今晚见。和这个孩子好好相处。小卡罗尔很快就会过来。"

然后他们离开了那个地方，没有骑马，而是牵着马，因为山太陡，而且灌木丛生。

只剩下我和汤姆·钱尼单独在一起了！

他坐在火堆对面，有些出神。我的手枪别在他的腰带上，亨利式步枪放在他的腿上。我拨弄了一下火堆，把一些还在烧着的炭火聚拢到烧开水的罐子下面。

钱尼盯着我,问道:"你在做什么?"

我说:"我要烧一些热水,把手上这些黑色污渍洗掉。"

"一点污迹又伤不到你。"

"倒也是,否则你和那帮狐朋狗友肯定早就死光了。我知道伤不到我,但还是想洗掉。"

"别惹恼了我,小心我把你扔进那个坑里。"

"幸运星内德·佩珀警告过你,如果你伤到我,他就不给你分钱。他可是认真的。"

"恐怕他根本就没想给我钱。我觉得他已经舍弃了我,他知道徒步逃跑肯定会被逮到。"

"他答应你要在'老地方'见。"

"别说话。我要思考一下自己的处境,想想对策。"

"那我的处境呢?拿了我的钱,又声称要保护我,却就这么抛下了我,至少你没有这样的遭遇。"

"你这个爱管闲事的小东西!你怎么会了解什么是艰辛和苦难?闭嘴,我要想事情。"

"你是在想'老地方'的事情吗?"

"不,我没在想'老地方'。卡罗尔·佩玛利不会带着马来这里,没人会来。他们不会去老地方。我可不像他们想的那么好骗。"

我本想问他另一块金币的事情，但害怕他会把我拿回来的那一块再抢走，就忍住了。我转而问道："你把我爸爸的那匹马怎么着了？"

他没有回答我。

我说："如果你放我走，我在两天之内不会透露你的行踪。"

"告诉你，我还有个更好的办法。"他说，"我可以让你永远闭嘴。我最后警告你一次，别说话。"

水还没烧开，但已经开始冒热气了，我垫了一块破布，拿起烧热水的罐子，朝他泼去，然后拔腿狂奔。他被打了个措手不及，但还是用双臂护住了脸。他痛苦地尖叫了一声，立刻起身追赶。我孤注一掷，打算逃进树林里。我想着进了树林就能躲过他，然后在树木间东躲西藏，最终就能把他甩掉。

现实却并非如此！我刚跑到巨岩的边缘，钱尼就从后面抓住了我的外套，把我拎了起来。我心想：我完了！钱尼咒骂着我，用枪筒砸我的头。重击之下，我眼冒金星。我不知道子弹打到头是什么感觉，还错以为自己中弹了。我的思绪回到阿肯色州平静的家里，我可怜的母亲听到这个消息肯定会悲痛不已。先是她的丈夫，现在又是她的长女，两周之内先后殒命，都死于同一个恶魔之手！我脑子里想的全是这些。

突然，我听见一个熟悉的声音，字字威严。"举起手来，切姆斯福德！快点！你完了！把枪放下！"

说话的正是得克萨斯人拉博夫！他原路返回来了。我看他气喘吁吁的,估计是步行回来的。他站在不足三十英尺外,手里端着那把枪托缠着铜线的步枪,对着钱尼。

钱尼放开了我的外套,扔掉了手枪。

"我做什么都不顺。"他说。我把手枪捡了起来。

拉博夫问:"你有没有受伤,玛蒂?"

"头被打了一个大包,很疼。"我说。

他对钱尼说:"我看你在流血。"

"都是这个女孩干的。"他说,"我肋部中枪,现在又开始流血了。一咳嗽就疼。"

我问:"雄鸡呢?"

拉博夫说:"他在下面把守必经之路。我们找个能看到那里的地方。切姆斯福德,你给我小心点!"

我们向巨岩的西北角走去,绕过那个大坑,就是钱尼恶意威胁要推我下去的那个大坑。"小心脚下。"我提醒那个得克萨斯人,"汤姆·钱尼说下面有冬眠的毒蛇。"

我们来到巨岩的远角,这里视野清晰。我们脚下的山坡丛林密布,极为陡峭,向远处通向一片草地。这片草地平坦开阔,本身也是一片高地,再往远处向下延伸,与旋梯山相接。

我们刚向下瞭望,就发现幸运星内德·佩珀和其他三个盗匪从树林里出来,进入了草地。他们在那里上了马,背向我们,向西进发。他们还没骑多远,就有一人从草地西端的树丛中骑马踱步而来,然后停在开阔草地的中央,停了下来,挡住了四个逃亡盗匪的去路。是的,那人正是雄鸡科格本!匪帮在距离他七八十码的地方停了下来,与他对峙。雄鸡左手拿着海军型左轮手枪,右手握着缰绳。他说:"那个女孩在哪里,内德?"

幸运星内德·佩珀说:"我离开时,她还好得很!她现在怎么样,我就不知道了!"

"现在你要为她负责!"雄鸡说,"她在哪儿?"

拉博夫站起身,双手拢在嘴前做喇叭状,朝下面喊道:"她很好,科格本!我逮到切姆斯福德了!快逃!"我也跟着喊起来:"我很好,雄鸡!我们抓到钱尼了!你赶紧跑!"

那些盗匪转头看向我们,毫无疑问,他们很惊讶,对整个事件戏剧性的变化很是不安。雄鸡没有应我们,也没有要离开的迹象。

幸运星内德·佩珀说:"雄鸡,把路给我们让开,我们要去别处办事!"

雄鸡说:"哈罗德,我希望你们兄弟两人不要掺和这件事!我今天不想为难你们!闪到一边去,你们就不会被伤到!"

哈罗德·佩玛利学了一声公鸡叫作为回应,"喔喔喔"的叫声逗得他弟弟法雷尔开怀大笑。

幸运星内德·佩珀说:"你想干什么?你觉得以一对四,你有机会逃脱吗?"

雄鸡说:"我想立刻杀了你,或者把你押到史密斯堡,等帕克法官判你绞刑!你要选哪一种,内德?"

幸运星内德·佩珀大笑道:"真是个大言不惭的独眼胖子!"

雄鸡说:"动手吧,你这个狗娘养的!"说着,他把缰绳衔到齿间,从马鞍里抽出另一把左轮手枪,马刺用力地戳到他那强壮的马的腹部两侧,然后径直冲向匪帮。那场面真是壮观。骏马飞驰,他双手有力地拿着枪,抵在马头两侧。四个盗匪接受了挑战,也都掏出了武器,策马迎击。

科格本副警长尽显男儿英雄本色,我刚刚竟质疑他的英勇无畏。没有胆量?雄鸡科格本?怎么可能!

拉博夫本能地举起了步枪,但没有开枪,而是又放了下来。我拉住他的外套说:"开枪打他们!"那个得克萨斯人说:"太远了,而且他们移动的速度太快了。"

我想应该是那帮盗匪先开的枪,但也不太确定,因为忽然间便枪声四起,硝烟弥漫。我确定的是,雄鸡一往无前,而那群盗匪未等他冲到近前便自乱了阵脚,阵形被打散了。雄鸡的左轮手枪喷射着火舌,他没有用瞄准器瞄准,只是晃动着脑袋,用独眼扫来扫去,枪筒对准了便射。

最先中枪的是哈罗德·佩玛利。他手里的猎枪被甩到了空中,他抓住自己的脖子，被仰面拖下马背。墨西哥佬鲍勃跑在其他几个人的外围，他匍匐在马背上，带着自己分到的赃物逃脱了。法雷尔·佩玛利中了枪，过了一会儿，他的马因腿部中弹倒地，他被猛地甩了出去，当场丧命。

我们以为雄鸡可以毫发无伤地赢这一战，但其实他的脸上和肩部被猎枪打中了好几处，他的马也受了致命伤。雄鸡想用牙齿勒住缰绳，掉头再次发起攻击，不料这匹高头大马侧身摔倒了，把雄鸡压在身下。

这时，野地里只剩下幸运星内德·佩珀一个人骑着马。他掉转马身，左胳膊中枪之后瘫软无力，但右手还握着一把左轮手枪。他说："雄鸡，我快被打烂了！"雄鸡摔倒时丢了大左轮手枪，此时正拼命拽背带上的枪，可惜它被马和他自己的身子死死压在下面。

幸运星内德·佩珀催马小跑着向前，逼近无助的科格本警官。

我身旁的拉博夫迅速动了起来，抱着夏普斯步枪坐了起来，双肘抱住双膝。他瞄准，射击，一气呵成。子弹如紫崖燕飞归葫芦状的巢穴一般，将幸运星内德·佩珀击落马下。马受了惊，前腿扬起，把盗匪的尸体摔到地上，然后惊慌地逃跑了。拉博夫这一枪极其完美，距离移动的骑手有六百多码远。我可以发誓，这是真的。

"哇哦！"我兴奋地欢呼起来，"为这位得克萨斯男人喝彩！这一枪太牛啦！"拉博夫也暗暗得意，又给步枪上好了膛。

在这方面，囚犯比看守更有优势，他一直想着如何逃脱，时刻都在寻找机会，而看守并不会一直想着如何看住他。一旦看守认定囚犯已经屈服，就只需待在那里，施加威慑力。他会想一些快乐的事情，心不在焉。这也是很自然的事情。如若不是如此，那么看守也就成了囚犯的囚犯。

拉博夫和我就是这样，在危急时刻分了心，只顾着赞赏及时救下雄鸡科格本性命的那一枪。汤姆·钱尼逮住机会，抓起一块南瓜大小的石头，砸向拉博夫的脑袋。

那个得克萨斯人倒在地上，痛苦地呻吟着。慌忙中，我尖叫着站起身，向后退去，同时拔出手枪，又一次对准了汤姆·钱尼。他正在抢夺那把夏普斯步枪。这把老古董龙骑兵式左轮手枪会不会再次令我失望？我希望不会。

我赶紧拉下撞锤，扣动了扳机。枪响了，迟到的正义伴着铅弹射入了罪犯汤姆·钱尼的脑袋。

然而，我也未能品味胜利的喜悦。在这把大手枪后坐力的推动下，我踉跄后退。我忘了身后还有个大坑！我被震到洞口，在凹凸不平的坑道里翻滚碰撞，双手拼命想抓住什么东西，却什么都没有抓到。我重重地摔到坑里，摔得头晕目眩，喘不过气来。我静静地坐了一会儿，缓了一口气。我的头脑一片混乱，产生了幻觉，感觉灵魂从嘴和鼻孔里飘到了身体之外。

我本以为自己平躺在坑底，但等我费力想起来时，却发现自己被垂直卡在一个小洞里，我的下半身紧紧地嵌在长满苔藓的石头间，就像软木塞塞在瓶口一样！

我的右臂被挤在身体的一侧，抽不出来。我正准备用左手把身体撑出小洞，却震惊地发现，胳膊弯曲的角度很不自然。我的胳膊断了！胳膊不是很疼，只是有一点麻酥酥的感觉。我不敢用这只胳膊撑起身体，担心压力会加重骨折的情况，带来疼痛。

坑底很冷，虽然不是漆黑一片，但也很昏暗。一缕阳光从洞口照进来，落在三四英尺开外的石板上，汇成一汪光亮。我顺着光线看去，能看到我跌落时扬起的灰尘飘在空中。

我看到周围的石头上有几根木棍、一些纸张、一个烟袋，还有一些油污，猜测那应该是倾倒厨余垃圾的地方。我还看到角落里有一件男式蓝色棉衫，光线太暗，别的都模模糊糊的。谢天谢地，周围没有蛇！

我集中力气，喊了出来："救命！拉博夫！能听见吗！"没有人回应。我不知道那个得克萨斯人是生是死。我只能听到上面风的低声呼啸、身后水滴的声音，还有一些吱吱嘎嘎的微弱声响。我辨别不出那是什么声音，也找不到声音的源头。

我再次尝试脱身，但是大幅度的动作使我在长满青苔的洞里越陷越深。我心想，这样不行，于是不再挣扎，以免掉落到不知深浅的黑暗坑底。我的双腿可以在下面自由晃动，牛仔裤的裤管向上堆作一团，露出半截腿。我感觉到一条腿上有东西在爬，心想是蜘蛛！我蹬了蹬双脚，身体又向下滑了一英寸左右，便赶紧停了下来。

又传来一阵吱吱的声响，我这才意识到坑底有蝙蝠。那个声音是蝙蝠发出的，挂在我腿上的也是一只蝙蝠。是啊，我打搅了它们。它们的栖息地就在下面。此时被我堵住的洞口，正是它们通往外界的通道。

我知道蝙蝠是一种很胆小的小生物，所以不会无端地恐惧它们，但是，我也知道它们携带着可怕的狂犬病毒，目前仍无药可医。等到晚上这些蝙蝠该飞出去时，发现通往外界的洞口被堵上了，它们会怎么办？会咬我吗？如果我挣扎着踢它们，肯定会掉到坑底。但我也不能一动不动地任由它们咬我。

晚上！难道我要一直在这里熬到晚上？我一定要保持理智，不能有这种想法。拉博夫呢？雄鸡科格本怎么样了？他从马上摔下去时，似乎伤得不重。但是他怎么才能知道我在这下面呢？我很不喜欢自己现在的处境。

我思考着点燃一些碎布，放出烟雾作为信号，但是这个办法行不通，因为我没有火柴。肯定会有人来的。或许是芬奇队长。枪战的消息肯定会传出去，会引来一队人马进行调查。对的，那一队法警。关键是要坚持住。肯定会有人来救援。至少这里没有蛇。我在心里这样盘算着：我估算着时间，每隔五分钟左右就呼救一次。

我立刻喊了一次救命，回应我的又是无情的嘲讽，只有我的回声、风声、洞穴里的水滴声和蝙蝠的吱吱声。我数着数，计算着时间。这样大脑就能动起来，不会漫无目的地胡思乱想。

我没数几个数，身体就明显地向下滑去，我心里一阵惊慌，意识到之前托住我的苔藓正在松动。我也顾不上胳膊有没有断，四处搜寻着可以抓住的东西，但是手能摸到的地方全是光滑、没有棱角的石头。我正在慢慢滑落，迟早都要掉下去。

身体又猛地滑落了一下，右胳膊肘的位置被卡住了。瘦骨嶙峋的肘关节暂时托住了身体，但我能感觉到它在青苔上慢慢下滑。楔子！我需要一个楔子，能和我的身体一起塞在洞里的东西，使我这个软木塞能更舒服地卡住。或者是一根长木棍，放到我的胳膊下面。

我四处搜寻着合适的东西。周围的几根木棍都不够长或不够结实。我要是能够到那件蓝色衬衫该多好啊！它正好适合用来填塞洞口。我折了一根木棍，去够衬衫的下摆。试了两次，指尖已经能够到衬衫了。尽管手绵软无力，我还是用拇指和食指捏住那件衣服，把它从黑暗中拉了出来。衬衫很重，出乎我的意料，有东西附着在上面。

我猛地把手抽了回来，好似被火炉烫到了一样。上面附着的东西是一具男人的尸体！或者更准确地说，是一具骷髅。他身上穿着那件衬衫。这个发现是如此可怕，如此令人震惊，一时间我愣住了，不知如何是好。我能看到尸体的大部分，头上戴着一顶腐烂的黑色帽子，下面露出几缕橙黄色的头发，一条套在衬衫袖子里的胳膊，还有腰部以上的那半边躯干。衬衫的扣子一直系到脖子下面的两三颗。

　　我很快就回过神来。我正在滑落，需要那件衬衫。情势危急，我也无暇多想。我不想完成接下来的任务，但是身处绝境，我已别无选择。我打算用力把衬衫一扯，希望能从骷髅身上把它扯下来。我一定要拿到那件衬衫。

　　于是，我又抓住那件衣服，用尽全力往我这边拉。我的胳膊一阵剧痛，动弹不了了，只能暂时停手。一阵刺痛之后，痛感慢慢消退，变成可以忍受的隐痛。我检视了一下努力的成果，衬衫的扣子已经被扯开了，尸体已经被拖到触手可及的地方。衬衫依然套在尸体的肩膀和手臂骨头上。经过这一通操作，那个可怜男人的肋骨也暴露在我眼前。

　　再拉一下，把尸体拉近一点，我就能把衬衫扯下来了。我正准备动手，目光突然被肋骨空腔里的某种东西吸引，好像有东西在动。我探过头去仔细看了看。蛇！一团蛇！我猛地向后缩去，当然，身子被卡在长满苔藓的洞中，没法后退。

　　我也不知道那一团响尾蛇到底有多少条，因为有些大的跟我的胳膊一般粗，有些小的只有铅笔粗细，不过我敢肯定不少于四十条。我胆战心惊，看着它们在那个男人的胸腔里慢吞吞地扭动。它们挑选了这样一个奇异的冬眠居所，而我显然打搅了它们的睡眠。此刻，它们多少恢复了一些意识，开始动起来，慢慢从蛇团里分开，掉落到各处。

我心里暗暗叫苦，这下可糟了。我迫切需要那件衬衫，但又不想再去招惹那些蛇。就在思忖的当口，我的身体还在不断地往下落……会落到哪里呢？或许是一汪深不见底的黑水，水里的鱼都是白色的，没有眼睛。

我不知道刚从冬眠中被惊醒的蛇是否会咬人。我想它们应该看不清东西，也有可能根本看不见。但是，我也观察到，在温暖阳光的照射下，它们渐渐苏醒过来。我们家的玉米仓里放着两条斑点王蛇，让它们吃老鼠。它们一条叫保罗，一条叫小大卫，我不害怕它们，但对蛇真的也不怎么了解。我只知道要躲着点蝮蛇和响尾蛇，要是手边有锄头就直接杀掉它们。我对毒蛇的了解就这么多。

我断了的手臂疼得更厉害了。我感觉右手臂处的苔藓在不断滑落，与此同时，我又看到几条蛇从男尸的肋骨里爬出来。上帝啊，帮帮我！

我咬紧牙关，抓住蓝色衣袖里伸出的手骨，猛地一拉，男尸的胳膊从肩膀处断了下来。你或许会觉得这样做很可怕，但我拿到了一件可以用的东西。

我端详着那条胳膊。肘关节处被一些软骨连接在一起。我扭了几下，从肘关节处把胳膊分成两截。我拿起较长的上臂骨头，塞到腋下，用作支撑。如果我滑落到这块骨头的位置，它就能拦住我，保证我不会继续滑落。这块骨头很长，希望足够结实。这个可怜的男人个子很高，真的谢天谢地。

我手里只剩下了前臂上的两块骨头，连着手掌和手腕。我抓住肘部，把这块骨头当棍棒用，防止那些蛇逼近。"走开！"我用那块手骨拍打着它们，"你们给我回去！"这一招还挺奏效的，但是我发现，经过这番惊动，它们反倒更活跃了。我把它们从身旁赶走的同时，也唤醒了它们！它们移动得很缓慢，但是数量太多，我没法注意每一条蛇的位置。

我每次动手击打它们，胳膊都剧痛难忍，你也能想象，那样的力道也打不死那些蛇。我也没想打死它们，只是想让它们退后，防止它们绕到我身后。我只能在身前不足一百八十度的范围里出击，我知道，一旦有响尾蛇绕到我身后，我就束手无策了。

我听到上面有响声。一阵沙石雨倾泻而下。"救命！"我喊道，"我在下面！救我！"我心想：谢天谢地，终于有人来了。很快我就能摆脱这地狱一般的鬼地方。我看到有些东西溅落在我前面的石头上。是血。"快点！"我喊道，"下面有蛇，还有骷髅！"

上面传来一个男人的声音："我敢保证，春天到来之前，下面还会多一具骷髅！一具瘦小的骷髅！"

是汤姆·钱尼的声音！我还是没有杀死他！我估计他靠在坑口，血从他受伤的头部流了下来。

"在下面感觉怎么样？"他奚落道。

"给我扔一条绳子,汤姆!你不会这么狠,见死不救吧!"

"你是说你不喜欢待在下面喽?"

紧接着,我听到一声号叫,还有扭打和骨头碎裂的声音,那是雄鸡科格本用步枪的枪托砸到汤姆·钱尼受伤的脑袋上发出的声音。随后,大量的石块和扬尘落下,遮蔽了阳光,我隐约看到一个巨大的物体向我急速坠落。那是汤姆·钱尼的尸体。我尽可能向后靠,以免被砸到,最后也只是将将躲过。

他的尸体直接摔在那具骷髅上,压碎了骨头,溅了我满脸、满眼的灰,把茫然的响尾蛇惊得四散开来。我身旁到处都是那些蛇,我乱打一气,整个身体都从洞口滑落下去。完了!

不!还没完!腋下的那块骨头撑住了我的身体,此时的我正颤巍巍地悬在空中。蝙蝠如日落时分满树的麻雀一般,成群地从我面前向上飞去。这时,只有我的头、左臂和肩膀还在洞口上方。我悬在那里,姿势很不舒服。那根骨头支撑着我的身体,已经被压弯了,我祈祷它能撑住。我的左胳膊抽搐着,全力抓着那块骨头,我已经腾不出手来驱赶那些蛇了。

"救命!"我喊道,"救救我!"

这时,雄鸡低沉洪亮的声音传了下来:"你还好吗?"

"不好!我的情况糟透了!快点!"

"我给你扔一根绳子!绑到胳膊下面,打上死结!"

"我没法拿绳子！你得下来帮我！快点，我快掉下去了！我头顶到处都是蛇！"

"坚持住！坚持住！"又传来一个声音。是拉博夫。这个得克萨斯人没被砸死。两位警官都安然无恙。

我看着两条响尾蛇露出尖利的牙齿，正啃噬着汤姆·钱尼的脸和脖子。他已经死透了，没有任何反抗。我心想：这些毒蛇在十二月还会咬人，这便是明证！一条小蛇爬到我手上，用鼻子碰了碰我。我把手挪开了一点，那条蛇也跟了过来，又用鼻子碰了碰我。它又向前挪了挪，开始用下颌蹭我的手背。

我用眼角余光瞥见一条蛇爬上了我的左肩。它软绵绵的，一动不动。我也说不准它是死了，还是冬眠没醒来。不管是哪种情况，我都不想让它在我的肩膀上，于是我倚着那块支撑着身体的骨头轻轻扭动着身体。在我的晃动下，那条蛇翻了个身，露出白色的肚皮。我的肩膀一抖，它就掉进黑暗的深坑里。

我感到一阵刺痛，发现那条小蛇正好从我手上抬起了头，嘴里还有一滴琥珀色的毒液。它咬了我。这条手臂一直夹着那块骨头，早已彻底麻木，我几乎没有感觉到被蛇咬了，感觉就像被马蝇叮了一口。我还暗自庆幸，咬我的只是一条小蛇，我对大自然的理解就是这么肤浅。后来，内行人告诉我，小蛇的毒性更强，蛇毒随着蛇的年龄增长会逐渐变弱。我相信他们的话是真的。

这时，雄鸡下来了，他腰间绑着绳子，双脚蹬着大坑的石壁，大步跳跃下来，又是一阵石块和扬尘雨落到我身上。他双脚重重地一跺，落了地。然后他抓住我的外套和衬衫领子，一只手把我从洞里举出来，同时踢飞那些蛇，另一只手拔出左轮手枪向它们射击，所有动作一气呵成。声音震耳欲聋，我的脑袋都跟着疼了起来。

我的双腿颤抖着，站不起来。

雄鸡说："你能抱住我的脖子吗？"

我说："能，我试试。"他的脸上有枪伤，留下两处暗红色的弹口，还有几条凝固的血痕。

他弓下腰，我用右臂搂住他的脖子，趴到他的背上。他双脚蹬着坑壁，双手交替向上握住绳子，但只挪了三下就落回了原地。我们两人太重，超出了他承受的极限。他的右侧肩膀上也有枪伤，不过当时我并没有注意到。

"在后面抱住我别动！"他说，一边踢踹着那些蛇，一边给手枪上膛。一条巨大的老年蛇鲁莽地缠住了雄鸡的靴子，被一枪爆了头。

雄鸡说："你能顺着绳子爬上去吗？"

"我的胳膊断了。"我说，"手还被蛇咬了。"

他看了看我的手，拔出匕首，在伤口处划了一道口子。他挤出了毒血，又掏出一些烟丝，急忙嚼成一团，抹在伤口上，吸收毒液。

然后，他把绳子紧紧地系在我的胳膊下面。他冲那个得克萨斯人喊道:"拉绳子,拉博夫!玛蒂受伤了!你轻着点把她慢慢拉上去!能听见我说话吗?"

拉博夫应道:"我尽力。"

绳子绷紧了,我被提了起来,脚趾都离了地。"拉!"雄鸡高喊道,"女孩被蛇咬了,兄弟!拉!"但是拉博夫胳膊上的伤很重,头又被砸破了,使不上力。"不管用!"他说,"我把马拉过来试试!"

过了几分钟,他把绳子拴到一匹小马身上。"我准备好了!"那个得克萨斯人冲我们喊道,"抓住了!"

"拉!"雄鸡说。

他把绳子缠在胯部,又在腰间缠了一圈,另一条胳膊抱住我。绳子被猛地一拉,我们便被提了起来,双脚离开了地面。这回另一头有了足够的力量!我们一颤一颤地被拉了上去。雄鸡用脚蹬着凹凸不平的坑壁,努力避免撞上去,最后我们只稍微擦破了一点皮。

又见阳光和蓝天!我已经虚脱了,瘫倒在地上,说不出话来。我眨着眼睛,适应着洞外刺眼的阳光。我看到拉博夫双手抱着血淋淋的脑袋,坐在那里,累得喘着粗气。然后我看到了那匹马。是小黑!这匹小马救了我!我心想:"匠人所弃的石头,已作了房角的头块石头。"[1]

雄鸡用布条把嚼成一团的烟丝缠到我的手上。他问:"你能走

---

[1] 出自《圣经·马可福音》12:10。

路吗?"

"应该能。"我说。他便领着我向那匹马走去。我刚走了几步,就感到一阵恶心,跪倒在地上。恶心劲缓过来之后,雄鸡扶着我来到小黑身前,把我抱上马鞍。他把我的双脚绑在马镫上,又用一段绳子把我的腰绑到马鞍上,然后他也上了马,坐到我后面。

他对拉博夫说:"我会尽快找人过来帮你。别乱走。"

我说:"我们不能抛下他不管吧?"

雄鸡说:"姑娘,我必须带你去看医生,不然你就活不了了。"他又想到了什么,就对拉博夫说:"那一枪算我欠你的,兄弟。"

那个得克萨斯人什么都没说,仍然抱着头,我们便离开了他。我料想他肯定感觉糟透了。雄鸡用马刺蹬了蹬小黑,这匹忠实的小马,顺着谨慎的骑手们踩出的小道,跌跌撞撞地溜下灌木丛生的陡峭山坡。山坡很险,小黑还驮着我们两个人,就更危险了。我们根本不可能避开所有的树枝,雄鸡在路上丢了帽子,但他头也没回。

我们从那片草地飞驰而过,一场激战刚刚在这里上演。我感到头晕恶心,眼睛里也因此充盈着泪水,透过眼泪,我模模糊糊地看到死去的马和那些盗匪的尸体。胳膊越来越痛,我哭了起来,泪水如决堤的溪水,沿着两颊淌下。下了山之后,我们奔向北方,我猜前方是史密斯堡。小黑或许感觉到了任务紧急,虽然身负两人,但还是高昂着头,风一般地飞奔。雄鸡不停地挥鞭策马。我很快又晕了过去。

我恢复意识之后，发现行进的速度放慢了。小黑上气不接下气，但仍全力奔跑。我也不知道我们到底跑了多少英里。可怜的小马驹，已经累得浑身汗沫！雄鸡依然不停地挥鞭催促。

"停下来！"我说，"我们得停下来！它已经没力气了！"雄鸡没有理我。小黑已经精疲力竭，蹒跚着停了下来，这时雄鸡又抽出匕首，残忍地在小马驹的肩头刺了一刀。"住手！住手！"我哭喊着。小黑长鸣一声，在剧痛的刺激下，又向前跑了起来。我要抢夺缰绳，可是雄鸡把我的手扇到一边。我哭喊着，叫嚷着。小黑又慢了下来，这一次雄鸡从口袋里抓了一把盐，抹在小黑的伤口上，小马驹又像前一次一样奋蹄向前。过了几分钟，这场折磨终于结束了，小黑心力衰竭，倒地而亡，而我的心也跟着碎了。世上从未有过如此超群的小马。

我们刚倒地，雄鸡就割断了我身上的绳子，让我趴到他的背上。我用右臂紧紧搂住他的脖颈，他则用双臂托住我的腿跑了起来，他更像是负重慢跑，呼吸也变得困难。我又失去了意识，再次苏醒时，发现他把我抱在怀里，汗水从他的眉毛和胡须上流了下来，落到我的脖子上。

我完全不记得我们在波托河旁停留过。雄鸡在那里用枪指着一伙猎人，强征了一辆马车和一队骡子。我不是说那伙猎人见死不救，不愿把马车借给我们用，只是雄鸡当时没有耐心解释，就直接粗暴地解决了问题。我们顺着河岸又跑了一段，叫开了一个农场的门。农场主是一位富有的印第安人，名叫卡伦。他给我们准备了一辆双轮轻便马车,配了几匹好马拉车,还让一个儿子骑上白马为我们领路。

我们抵达史密斯堡时,夜幕已经降临。我们在蒙蒙冷雨中进了小镇。我记得有人把我抱进J. R.梅迪尔大夫家,梅迪尔大夫用他的帽子遮在煤油灯上免得灯淋雨。

我昏迷了好几天,断臂被接上了,前臂上固定了夹板。我的手肿了,变黑并蔓延到了手腕。等到第三天,梅迪尔大夫给我注射了大剂量的吗啡,用小手术锯截掉了我的前臂。截肢时,母亲和达格特律师一直坐在我身旁。母亲性情柔弱,能坐在那里不退缩,还是很令我钦佩的。她抓着我的右手,啜泣着。

手术之后,我又在大夫家住了一周左右。雄鸡来看过我两次,但是我太虚弱,迷迷糊糊的,没能好好陪他。他的脸上包着纱布,梅迪尔大夫帮他取出了猎枪弹片。他告诉我,那些法警找到了拉博夫,那位骑警要求先找到汤姆·钱尼的尸体,之后才肯离开。那些法警都不愿下到坑里,于是拉博夫让他们用绳子绑着他,把他放下去。尽管脑袋受到重击之后,视力有些模糊,但他还是完成了任务。他在麦卡莱斯特的店里接受了头部伤势的治疗,那里的人也尽力了。后来,他从麦卡莱斯特出发,带着自己风餐露宿追踪了许久的那个犯人的尸体,返回了得克萨斯州。

我乘坐一辆客运火车回了家,一路上仰面平躺在车厢过道里摆的一副担架上。我之前说过,我当时很虚弱,回到家之后又过了几天才恢复精神。我记起来,还没给雄鸡付酬金尾款,于是开了一张七十五美元的支票,放进信封里,请达格特律师寄到法警办公室,交雄鸡收。

达格特律师与我交流了情况,我在交谈过程中了解到一件令人不安的事情。情况是这样的:达格特律师指责雄鸡带我一起去寻找汤姆·钱尼,狠狠地骂了他一顿,还威胁说要到法院起诉他。我听说这件事之后,备感不安。我告诉达格特律师,无论如何也不该责备雄鸡,而是应该赞扬和表彰他的英勇无畏。全靠他我的性命才得以保住。

不管与达格特律师敌对的铁路和轮船公司怎么看,我都认为他是一位绅士。他听我解释了事情的来龙去脉,对自己的行为愧疚不已。他说,他仍然认为副警长的行为欠考虑,但鉴于当时的情况,还是应该向对方道歉。达格特律师赶去史密斯堡,将我欠雄鸡的七十五美元亲手交给他。然后他自己又开了一张两百美元的支票,交给雄鸡,为自己不公的尖刻言辞道歉,恳请雄鸡原谅。

我给雄鸡写了一封信,邀请他来家里坐坐。他回了一张简短的便条,就跟他的那些"付款凭证"一样。他在便条里说,下次押送犯人到小石城,会尽量顺路拜访。我估计他不会来,于是计划伤愈之后去找他。我很好奇,他捣毁了幸运星内德·佩珀的抢劫团伙,到底有没有拿到赏金,拿了多少赏金。还想问他有没有拉博夫的消息。再提一句,我一直没能找回朱迪,那块加利福尼亚金币也不见踪影。另一块金币,我保管了多年,后来我们的房子失火了,那块金币也消失在灰烬中。

可惜，我一直没找到机会去拜访他。我们从旋梯山回来还不到三周，雄鸡就惹上了麻烦。他在切罗基部落的吉布森堡与奥都斯·沃顿一伙发生枪战，并开枪打死了后者。沃顿是被定罪的杀人犯，面临绞刑时越狱逃跑，被打死自然罪有应得，但是这次枪战的过程还是引来了非议。雄鸡还开枪击中了与沃顿同行的其他两人，打死了其中一人。他们与那个"恶棍"为伍，肯定也都是些渣滓，但当时并没有通缉令要逮捕他们，雄鸡因此遭到抨击。雄鸡树敌很多，迫于各方压力，他最终交出了联邦警徽，放弃了法警的工作。等我们了解到消息时，事情已经了结，雄鸡也远走他乡。

他带着那只猫普赖斯将军，还有波特的遗孀和六个孩子，去了得克萨斯州的圣安东尼奥，最终在那里成为一名骑警，为牧场主联合会工作。他在史密斯堡没有娶那个女人，我猜他们应该会等到了阿拉莫城再结婚。

我会不时从李那里了解到一些有关他的消息，不过，李听到的消息也是传言。我给圣安东尼奥的牧场主联合会写过两封信，信没有被退回，但也没有得到答复。后来，我听说雄鸡自己做起了小本贩牛生意。等到十九世纪九十年代初，我又听说他抛弃了波特的遗孀和孩子，与一个名叫汤姆·史密斯的莽夫一道去了北部的怀俄明州。他们在那里受雇于农场主，负责威吓盗贼和人们口中的拓荒者。我听说这份差事不好干，还担心雄鸡在"约翰逊县战役"那场农场战争中吃了亏。一九〇三年五月底，小弗兰克给我寄来一份孟菲斯《商业呼声报》的剪报。那是一张布告，宣传"狂野西部"的节目，主演是科尔·扬格和弗兰克·詹姆斯，将在孟菲斯的小鸡棒球公园上演。在这张布告下面有几行小字，小弗兰克特意圈出了下面一段：

他与匡特里尔并肩作战！他为帕克法官斩妖除魔！

二十五年来，他一直是印第安人保留区亡命徒和得克萨斯州盗牛贼的梦魇！

"雄鸡"科格本技艺精湛、英勇无畏，他将用六发左轮手枪和连发步枪展示枪法神技，定将令你连连称奇！带上妻儿同去！在完美的安全措施中体验独特的视觉盛宴！

这么说，他要来孟菲斯了。多年来，小弗兰克一直拿雄鸡的事取笑、揶揄我，声称雄鸡就是我的秘密"情人"。他给我寄来这张布告，也是为了取笑我。他用铅笔在剪报上写下："技艺精湛、英勇无畏！还不算晚，玛蒂！"小弗兰克总喜欢开别人的玩笑，你越是当真，他就越高兴。我们家的人一直喜欢开玩笑，我觉得也无伤大雅。维多利亚也喜欢玩笑，只要她能分清哪个是玩笑。他们把我一个人留在老家照看妈妈，对此我也没有什么怨言。这些我都对他们讲过，他们也都懂。

我坐火车，取道小石城，来到孟菲斯。我用的是罗克艾兰通票，还向检票员稍微解释了几句。那张通票是一位货运代理的，他向我借了一些钱，用通票做抵押。我打算先在旅店住下，回头再去找小弗兰克，免得我还没见上雄鸡，就要受他一番揶揄。我思忖着，不知道雄鸡还能不能认出我来。四分之一个世纪可真是很长的一段时光。

结果我也没有住旅店。火车抵达布拉夫城时，我恰好看到巡演车厢停在车站的一条旁轨上。我把行李存在车站，从巡演车厢旁走过，穿过一群马、印第安人，还有几个装扮成牛仔和士兵的人。

我发现科尔·扬格和弗兰克·詹姆斯穿着衬衫，他们坐在一节普尔曼车厢里。他们一边喝着可口可乐，一边扇着扇子。他们都是老人了，我估计雄鸡也老了很多。这些老一辈的人，曾在匡特里尔的指挥下，并肩征战边疆，后来也都过着刀尖上舔血的生活。如今他们也只有这一种本事，像丛林里奇异的野兽一样登台为观众表演。

据说，扬格身体各处留下了十四颗子弹。他很结实，气色很好，举止得体。见我过来，他还起身致意。而脸色苍白的詹姆斯则一直坐在座位上，一句话也没说，帽子也没有摘。扬格告诉我，几天前，雄鸡在阿肯色州琼斯伯勒表演时去世了。最近几个月，雄鸡身体一直不好，饱受他所谓"夜惊症"[1]的煎熬，而且初夏的酷热也让他吃了不少苦。扬格估计他今年六十八岁了。没有人认领雄鸡的尸体，也没人送他回老家密苏里州的奥西奥拉，他们便把他埋在孟菲斯邦联公墓里。

---

[1] 原文为 night hoss，含义不明，有说是夜晚马匹吵得牛仔睡不了，也有说是老年牛仔因为酗酒而遭受的折磨。——编者注

扬格说话间对雄鸡大为赞赏。他说"我们共同度过了一段美好时光"。我谢过这位彬彬有礼的老年法外之徒，又对詹姆斯说："你坐着别起来了，垃圾！"然后便转身离开。如今，人们才认定在诺斯菲尔德劫案里开枪打死银行出纳的是弗兰克·詹姆斯。据我所知，这个无赖一天牢都没坐过，而这位科尔·扬格却在明尼苏达的牢房里被关了二十五年。

我没有留下来看表演，因为我估计这和其他马戏团的表演一样，节目都索然无趣，还会弄得漫天灰尘。表演结束之后，观众开始抱怨詹姆斯除了向观众挥帽致意，别的什么都没做。而那个扬格就更过分了，他正处在保释期，按规定不能露面。小弗兰克带着两个儿子去看了表演，他们很喜欢那些马。

我乘火车把雄鸡的尸体带回了达达尼尔。铁路公司不愿在夏天运送从地里刨出来的尸体，但是我让我们在孟菲斯的代理银行，联系了一家有大量货运业务的杂货批发商，请他们帮忙通融一下，免去了一笔额外的费用。雄鸡有一块南部邦联的墓碑，但太小，我便又在旁边竖了一块贝茨维尔大理石墓碑，花了六十五美元，墓碑上刻着：

鲁宾·科格本

1835—1903

帕克法官法庭的果敢警官

在达达尼尔和拉塞尔维尔，有人说，她和这个男人也不熟，不过，脾气古怪的老处女做出这样的怪事倒也不足为奇。虽然他们不会当着我的面讲，但他们说了什么我都知道。他们说我只爱钱和基督教长老会，所以才一直没有结婚。他们以为所有人都渴望结婚。我确实爱着我们的教会，也爱财。这又有什么错呢？我告诉你们一个秘密：嚼舌头的这些人来找我借粮食款或恳求延长账期时，个个都嘴甜得不得了！我一直没有时间结婚，但我结婚与否都与他人无关。我根本不在乎他们怎么说。只要我愿意，我也可以嫁给一个丑陋的乡巴佬，让他做我的出纳。我根本没有时间犯傻。有脑子，心直口快，断了一条胳膊，还要照顾一个体弱多病的母亲：这样一个女人，条件确实不算好。尽管如此，还是有两三个邋遢的老男人围着我转，心里都惦记着我的存款。还是别了，谢谢！要是我说出他们的名字，你们肯定会大吃一惊。

我再也没听到任何有关得克萨斯警官拉博夫的消息。如果他还活着，又恰巧读到这篇故事，希望他能给我来信。我估计他现在已经七十多岁了，可能快八十岁了吧。他额前翘起的那一绺头发也该收敛一些了吧。时间就这样从我们身边溜走。这便是我在乔克托部落的茫茫雪原中，为父亲弗兰克·罗斯报仇的全部经过。

CHARLES PORTIS
TRUE GRIT